KB043445

납작하지 않은 세상,
자유 롭 거 나 불 편 하 거 나

일러두기

* '날적이'는 날마다 적는 기록, 일기다.
* 자유학교 '물꼬(이하 물꼬)'는 글쓴이(옥영경)가 꾸려 가는, '아이들의 학교'이자 '어른의 학교'인 '멧골 작은 배움숲'이다.

납작하지 않은 세상, 자유롭거나 불편하거나

글 옥영경 × 류옥하다

다른 세대,
공감과 소통의
책·책·책

한울림

세상의 해상도를 높이다
류옥하다

책은 책을 부른다. 좋은 책은 삶에 역동성을 주고, 그것이 쌓여 가며 삶을 풍요롭고 즐겁게 만든다.

나는 집에 텔레비전 등의 대중매체가 드문 어린 시절을 보냈다. 산골을 온종일 뛰어다니고도 남은 긴 해가, 잠이 오지 않는 수많은 밤이 있었다. 그럴 때면 부모님 서가에 꽂힌 책들을 들춰 보며 조용히 시간을 보냈다. 간혹 십대, 이십 대 시절 두 분의 생각이 담긴 밑줄이나 짧은 메모, 표지에 쓴 편지를 발견할 수 있었다. 그 순간만큼은 내 또래였던 부모님이 가졌던 고민, 용기, 부끄러움, 혈기들을 느낄 수 있었다.

　장 그르니에가 쓴 《섬》을 펼치면, 이 책의 서문에 '오늘 처음으로 이 《섬》을 펼쳐 보게 되는 저 낯모르는 젊은 사람을 뜨거운 마음으로 부러워한다'라고 쓴 알베르 카뮈의 문장이 나를 맞았다. 카를 마르크스와 프리드리히 엥겔스가 쓴 《공산당선언》에서는 밑줄이 그어진 '노동자에게는 나라가 없다. 갖고 있지 않은 것을 빼앗을 수는 없는 일이다'라는 문장을 따라 읽기도 했다.

　흥미로운 책을 읽은 날이면 그 책을 주제로 부모님과 서로의 다른 생각과 느낌들을 나누었다. 책에는 각자를 건드리는 수많은 구절들이 존재했고, 그것을 자기 인생에서 해석하는 것도 서로 많이 달랐다. 이런 재미가 또 다른 책을 펼쳐 보는 계기가 되었고, 책 읽는 재미를 한층 더 했다.

　고등학교 시절, 새벽 공부를 끝내고 책 한 권을 손에 들면 혼자만의 그 순간이 마음에 큰 힘이 되었다. 우리는 여러 순간들을 가족과 친구들과 함께하지만, 또 수많은 순간들에 혼자다. 사람이 가득하고 시끌벅적한 곳이 외로운 섬일 수 있고, 고요한 산사가 그 어디보다 풍요롭고 충만한 곳이 될 수도 있다. 중요한 것은 '나' 자신이다. 우리는 늘 탓할 것을 찾지만, 내 문제를 해결하지 않으면 어느 곳에서든지 같은 문제를 반복할 뿐이다. 그런 의미에서 책은 든든한 친구로 순간마다 나를 되돌아보게 하고, 늘 같은 곳에서 멘토가 되어 주었다.

책에서 얻은 지식은 당장 눈에 보이지 않는다. 여느 공부가 그렇듯이 책 한 권 한 권, 한 문장 한 문장이 계단처럼 쌓여 간다. 그리고 어느 순간 한 계단 올라간 나를 발견한다.

누군가가 '공부란 세상의 해상도를 올리는 행위'라고 했던 말에 퍽 공감이 갔다. 다양한 분야의 책을 통해 내 세계의 해상도를 높이는 즐거움이 있으니까. 등굣길 버스에서 흘러나오는 홍콩 시위 관련 뉴스가 그들의 민주주의에 대한 열망으로 들렸고, 냉장고가 냉매를 이용한 과학적 원리로 만든 가전제품이고 그것이 미친 사회적인 역할이 무엇인지 이해할 수 있었다. 하굣길에 무심히 바라보던

달이 천구를 따라 진행하는 것을 알게 되었고, 초승달과 그믐달을 구분할 수 있게 되었다. 또 책 읽기로 가우디라는 건축가를 알고 나서는 바르셀로나가 자연과 사람을 품은 공간으로 다가왔다.

이렇게 '세상의 해상도를 높이고' 즐기게 해 주는 책이 참 고맙다. 그리고 이런 높은 화질의 체험을 다른 이들과도 함께하고 싶다.

내가 중학교 3학년까지 학교에 다니지 않을 때, 나에게 '공부'란 산골 마을 곳곳을 돌아다니며 놀고 일하고, 읽고 쓰는 것이었다. 그 시절을 엿볼 수 있는, 열세 살 때 쓴 날적이 하나를 옮긴다. 지금도 그렇지만, 아름다운 시간이 나를 밀어 왔다.

나는 요번 달부터 〈오마이뉴스〉에 글을 올리기 시작했다. 원래 있던 글 '열세 살 소년의 외침 - 4대강이 강을 살린다고요?'와 '열세 살이 본 노근리 사건', 그리고 새로 쓴 '열세 살의 머슴살이 이야기'와 '벼를 거두다', '고전 읽기'. 이렇게 다섯 편의 글을 올리고, 그중 '고전 읽기'를 뺀 글들이 모두 정식 기사로 채택되었다 ('고전 읽기'도 나중에 고쳐 연재 기사가 되었다). 너무 좋고, 내가 자랑스럽다. 좀 더 일찍 〈오마이뉴스〉를 알았다면 좋았을 텐데…. 그리하여 이 기사를 보고 방송국에서 취재를 하자는 연락이 들어왔고, 지금 할지 말지 고민 중이다. 책을 읽고, 또 글을 쓰는 게 재밌어지고 있다.

- 2010. 10. 27. 물날. 매우 추움 / 〈오마이뉴스〉와 방송국 취재 요청

1 세상을 움직이는 것

좀 더 나은 세상은
작은 변화로부터

글 류옥하다

어릴 적 내가 살던 동네는 속세에서 반 발 떨어진 산골 마을이었다. 어머니는 마을 가운데 있던 폐교를 살려 작은 배움터 '물꼬'를 만드셨고, 그곳의 낡은 사택이 살림집이었다. 겨울이면 산에서 해 온 땔감으로 아궁이에 불을 땠고, 데워진 가마솥 물을 퍼서 대야 하나로 겨우 뜨거운 샤워 물을 쓸 수 있었다. 마을에서 가장 가까운 가게는 차로 10분을 달려야 했다.

설날에는 동네 아이들이 마을 어른들께 세배를 드리러 마을 한 바퀴를 돌았다. 눈이 오면 다 같이 나서 마을 길을 치웠고, 큰비로 다리가 떠내려가면 마을 청년들이 모여 함께 고쳤다. 소로 밭을 갈고, 풀을 베어 그 소를 먹이고, 소의 똥이 다시 거름이 되었다. 마을 산에서 나는 버섯과 나물, 집에서 기른 닭과 산에서 잡은 노루와 멧돼지 고기가 식탁에 올라왔다.

그러한 우리 마을을 떠올리게 하는 곳이 인도 잠무카슈미르 지방의 작은 산골 마을 '라다크'였다. 헬레나 노르베리 호지가 쓴 《오래된 미래》를 읽었을 때, 나는 이제 막 유년기를 지난 산골 소년이었다. 이 책을 통해 내가 산골에서 겪은 일들이 전 세계적인 일임을 알 수 있었고, 이 시대의 모두가 겪고 있는 문제임을 알았다.

1970년대 개방의 물결이 닥치기 전, 라다크는 제한된 자원을 조심스럽게 쓰는 곳이었다. 검약을 아는 사람들이 사는 곳, 이웃과 좋은 관계를 유지하는 공존이 돈에 앞서는 곳, 법과 제도보다 공동체에 기반을 두고 풀뿌리 차원에서 마을 사람들이 의논을 통해 문제를 해결하는 곳, 개인이 파편화되지 않고 공동체의 구성원인 사회였다. 나는 헬레나 노르베리 호지가 묘사한 개발 이전의 라다크를 무리 없이 머리에 그릴 수 있었다.

이제 우리 마을에는 트랙터가 있다. 청년들이 사라지고, 빈집이 가득하다. 더 이상 마을에서 나는 농산물을 마을에서 소비하지 않는다. 우리 마을 또한 《오래된 미래》에서 라다크인이 겪은 변화와 비슷한 변화를 겪었다. 1차 산업 중심의 농촌으로부터 통신 판매를 이용해 산지에서 소비자에게 농산물을 직송하는 디지털 사회까지 말이다.

스물다섯 살이 된 나는 어느 누구보다도 '보편적인' 대한민국의 이십 대 청년이다. 학업을 위해 대도시에 거주한다. 스마트폰으로 새벽 배송을 시키고, 스마트워치로 알림을 확인한다. 배달 음식을 시키고 플라스틱 쓰레기를 한가득 만든다. 윗세대이자, 옛날 사람이고 산골 사람인 어머니는 내가 사는 집에 오실 때마다 걱정을 하신다. 대체 이 많은 쓰레기를 어떻게 감당할 거냐고, 일회용품을 사용하는 편리함 이면에 어떤 사람들의 노동과 사회 질서가 있는지 알아야 하지 않느냐고. 그렇지만 바쁜 일상에서 새벽 배송이나 배달 등이 주는 편안함과 달콤함을 버리기에는 그 모든 것들이 이미 생활이 되었다.

어머니 잔소리 덕일까? 편의점에서 사 와서 먹고 던져 둔 일회용 플라스틱 포장 용기들이 눈에 들어왔다. 새벽 배송으로 나온 아이스 팩과 종이 상자 더미가 다르게 보였다. 그 순간 《오래된 미래》가 떠올랐다.

책꽂이로 갔다. 내가 태어나기 전에 어머니가 밑줄을 치고 메모하며 읽은 그리고 초등학생인 나도 읽은, 그 책이 거기에 있었다. 어머니와 나, 두 사람의 고민의 결은 30여 년 전이나 지금이나 크게 다르지 않았다. 어머니가 책 여백에 써 둔 문장도 글자 색은 바랬지만, 거기에 있었다.

'인류가 지속 가능할 수 있을까 고민. 내가 할 일은? 우리가 할 일은?'

그걸 나 역시 고민하고 있고, 우리가 지금 가지고 있는 고민과도 다르지 않다.

어머니는 대학 시절 새벽에 보았던 어마어마한 쓰레기 더미의 충격을 이야기해 주셨다. 사람 하나 없는 을씨년스러운 거리를 쓰레기 뭉치들만 가득 채우고 있었다고 한다.

어머니가 보았던 그 쓰레기 더미와, 내가 본 배달 음식의 플라스틱 무덤에서 우리에게 말하는 바는 흘러간 시간이 무색하게 시대를 관통하는 것이었다. 고전이 매력 있는 이유는 바로 이렇게 현시대를 넘어서 어머니의 시대, 더 나아가 그 윗세대의 고민을 모두 꿰뚫기 때문이다, 인간 일반에 대한 질문과 통찰을 담기 때문이다.

'손님들의 나라'와 라다크

《오래된 미래》의 라다크를 보며 떠올린 것 중 하나는 '손님들의 나라'였다. 재담꾼인 어머니가 물꼬 아이들에게 들려준 이야기다.

수백 년도 더 이전에 화전으로 일군 작은 부락이 있었다. 서로 사이좋게 나누고, 못 먹고 못 입는 이 없이 그들 나름의 질서와 방식으로 풍족하게 살았다. 나그네가 오면 융숭히 대접했고, 장안에도 어딘가에 '손님들을 대접하는 나라'가 있다며 알려질 정도였다. 부족했으나 부족하지 않았고, 무엇이든 과하지 않았다.

어느 날, 마을에 카죽신 장수가 홀연히 등장했다. 그는 마을 사람들에게 가죽신을 나눠 주면서 환심을 샀다. 짚신을 신거나 혹은 신이 없으면 맨발로 산골짜기 가시밭길을 다니던 사람들에게 가죽신이 오죽 편했으랴. 처음에는 그렇게 모두들 삶이 편해졌다고만 생각했다.

그러나 어느 날부턴가 신발 장수는 거저 주던 가죽신을 사람들에게 값을 받고 팔기 시작했다. 쌀을 받고, 옷을 받고, 돈을 받고. 마을 사람들은 가죽신을 사기 위해 자신의 곳간을 다른 이들에게 열지 않았다. 심지어 남의 곡식을 훔치기까지 했다.

가뭄이 아님에도 굶는 이들이 나타났고, 헐벗는 이들이 생겼다. 이제 가죽신 장수는 마을에서 가장 영향력이 큰 유지가 되었고, 촌장조차 함부로 할 수 없는 사람이 되었다. 그가 마을 산을 깎으라고 하면 깎았고, 마을을 지키던 오래된 길을 부수고 밭을 만들라고 하면 만들었다.

라다크가 겪었던 일이 위와 같았다. 평화롭고 조화로운 시기가 가고, 1970년대부터 산업화의 물결을 타고 인도 중앙정부의 손길이 본격적으로 닿았다. 개발은 다른 곳과 마찬가지로 이곳 사람들을 무자비하게 끌어당기는 소용돌이가 되었다.

새로운 도로망이 깔리고, 트럭을 구매한 농장주들이 나타났다. 그리하여 마을 안에서 이루어지던 생산과 소비가 점점 더 먼 곳의 생산품에 의존하게 되었다. 기름진 땅을 만들기 위해 거름으로 사용하던 인간의 배설물은 이제 골칫거리였다.

마을의 유휴 노동력을 소화하던 불교 체계는 붕괴되었고, 청년들은 도시로 떠났다. 마을의 재담꾼은 사라지고 할리우드, 발리우드 영화가 들어왔다. 사람들은 마을에서 직조한 바지가 아니라, 청바지를 입었다.

인간은 삶에 대한 주도권을 잃고 있다

인간이 물질적으로 풍요로워졌음에도 우리는 삶을 주체적으로 살고 있는가? 왜 매년 우울증 치료제의 판매량은 신기록을 경신할까? 라다크의 이런 모습이 우리에게 그 대답의 실마리가 될 수 있지 않을까. 우리는 갈수록 우리 존재를 모르는 사람들, 나를 모르는 바다 건너 사람들에 의해 운명이 좌우된다. 나의 산골 마을 경제도 지구 반대편 미국의 연방 준비 제도the Fed 위원들에게 영향을 받는다.

이전에 인간은 주체적 존재로서 내 주위 세상에 가시적인 변화를 주었다. 빨래를 하는 것, 울타리를 손보는 것, 밥상에 먹을거리를 올리는 것, 아궁이에 불 때는 것 하나하나가 내 손으로 이루어졌다. 결과물 또한 눈에 보였다.

그러나 이제 내 주위 세계를 주체적으로 바꾸던 인간이 삶에 대한 주도권을 잃어 가고 있다. 설거지는 식기세척기가, 청소는 로봇이, 인테리어는 업자가, 옷은 쇼핑몰이 담당한다. 이제 개인의 힘으로는 주위 환경을 바꾸기가 쉽지 않다. 그만큼 개인의 효능감은 줄어들었다. 우울증 치료제의 판매 실적과 가사 노동의 강도는 반비례했다. 이것이 우리가 '편리'의 대가로 잃은 것들이다.

우리 사회는 갈수록 몸으로 하는 일을 등한시한다. 어머니가 만났던 한 특목고 출신 대학생이 생각난다. 전국에서 공부로는 둘째가라면 서러운 그였다. 그런데 그가 물꼬에 자원봉사를 온 첫날, 물이 뚝뚝 떨어지는 걸레를 그대로 가져와서 "이거 어떻게 해요?"라고 묻더라는. 소위 이 사회에서 엘리트 코스를 밟는 아이들이 청소나 집안일을 거의 해 본 적이 없는 현실, 이것이 21세기 우리의 자화상이다.

이러한 경향성을 만든 것에는 교육을 논하지 않을 수 없다. 교육은 단순히 지식의 전달이라기보다는 거대한 이념 싸움에 가깝다. 걸레를 잘 빠는 일과 암기를 잘하는 일의 경중을 결정하는 일. 사람의 일상을 무엇이, 누가 지배하는지 존재가 걸린 문제이다.

과거의 교육은 우리에게 자연과 공동체와 조화롭게 사는 것을 가르쳤다. 사실 비스마르크의 근대 교육 이전의 교육은 마을 전체가 함께하는 사업이었다. 노인들은 자연스럽게 그들이 가진 지식을 나누었고, 아이들은 어른들을 공경하고 존중했다. 교육 자체가 마을을 유기적으로 묶고 유지하는 시스템의 일종이었다.

하지만 이제 교육은 범세계화 되었다. 좋은 의미로든 나쁜 의미로든. 미국에 있는 아이와 라다크에 있는 아이,

한국의 산골 마을에 사는 아이 모두가 같은 교육을 받았다. 덕분에 과거보다 인류의 지식 수준은 기하급수적으로 높아졌고, 학자들은 인류 종種의 진정한 '진보'를 눈앞에 두고 있다고 말한다.

그러나 역설적으로 교육은 아이들을 일률적으로 만들었고, 좁은 범위의 전문가로 만들었다. 학문을 넘어 새롭게 융합하고 통섭할 수 있도록 사고하고, 전반적인 맥락을 파악하는 능력은 갈수록 감퇴하고 있다. 이웃과 공동체, 자연과 공존하는 방법 대신 공격적인 시장주의적 사상이 모든 학문에 침투했다. 그것은 우리에게 유한한 것을 무한하게 소비하도록 가르친다. 어쩌면 당연하게도 무한한 것(공기와 물)은 상품이 되었다.

우리가 지금 던져야 하는 질문

자본과 개발은 마치 '손님들의 나라'를 찾아온 가죽신 장수와도 같다. 그들은 선택의 문제를 왜곡한다. 자동차가 들어온 순간, 말이나 자전거는 사람들에게 고려할 대상이 아니다. 선택의 여지없이 모두 자가용 이용자가 되는 것이다.

사람들을 연결하고 연대하고자 만든 소셜 미디어는 이러한 경향성을 강화시킨다. 인플루언서나 친구들을 따라 자동차, 명품, 패션에 소비하고 싶은 자신의 욕망을 증폭시킨다. 소셜 미디어의 사용이 확대되고 삶에서 차지하는 비중이 높아지면서 '포모FOMO'라는 말이 21세기 초반을 관통하는 유행어가 되었다. 다른 사람들은 좋은 옷을 걸치고 재밌는 사람들과 흥미로운 장소에서 삶을 빛내고 있는데, 자신은 방구석에 혼자 남아서 뒤처지고 세상에서 제외되는 것 같은 불안감, 즉 고립공포감을 뜻하는 말이다.

그런데 그렇게 얻는 것이 진정한 '동질성'일까? 그렇게 하면 정말 우리가 서로 연결되는 것일까? 외제 차를 타고, 유행하는 패션을 좇아가고, SNS의 맛집을 찾아가 줄을 선다고 해서 서로가 서로를 더 잘 알게 되는 것은 아니다. 단지 그것을 소유한 이와 그렇지 못한 이의 간극이 있을 뿐이다. 이렇게 만든 '자기들만의' 동질감이 서로를 아끼고 돌봐 주고 어려운 상황을 함께 헤쳐 나갈 연대감은 아니다. 그건 적어도 소속감을 지니는 과잠(대학교에서 같은 과 학생들이 맞춰 입는 잠바)조차도 아닌 것이다.

부모님 세대와 우리 세대의 차이가 이런 선택의 문제에서 오는지도 모른다. 한국 사회에서 할아버지 할머니는 빈곤국, 어머니 아버지는 개발도상국, 우리 세대는 선진국에서 태어났다. 우리 세대는 생을 살아가면서 물질과 편리함을 쌓아 가는 것이 아니라 '당연한 것'으로 받아들이기 쉽다. 태어날 때부터 그랬으니까. 그렇기에 무엇이 '선택'인지 의식하기 더욱 어렵다.

결국 진정으로 우리가 던져야 하는 질문은 하나다. 자신이 선망하는 모든 물건들이 과연 필요한가 하는 것!

어떻게 살 것인가

오래 전, 태국 치앙마이에서도 한참 들어간 산골 마을에 세상에서 가장 행복하다고 소문난 노인이 살았다. 그의 명성은 수도 방콕에 있는 라마 국왕의 귀에까지 들어

갔다. 왕이 노인을 불러들였다. 방콕의 화려한 성문과 금으로 칠해진 사원을 지나 노인이 왕궁에 들어왔다. 그는 왕궁 악사들과 생전 처음 보는 기린과 코끼리, 술과 음료에 둘러싸였다.

왕이 물었다, 어떻게 해야 당신처럼 행복할 수 있겠냐고. 나는 이 모든 것을 가졌음에도 행복하지 않다고. 그러자 노인이 말했다.

"저도 사실 잘 모릅니다. 저는 그저 산골 마을에 사는 늙은이일 뿐입니다."

왕은 실망했다. 노인은 왕으로부터 받은 선물을 챙겨 집으로 향했다. 그러나 이제 행복하지 않았다. 금으로 된 사원을 본 그에게 산골 마을의 삶은 너무나 초라하게 느껴졌다.

물론 사람들이 이미 경험한 편리함을 바꾸는 것은 고되다. 한 번 형성된 사람들의 인식을 바꾸는 것은 더욱 어렵다. 의식 세계를 역행시키는 것은 큰 저항이 따른다. 한 번 경험한 물질에 대한 기준치나 행복에 대한 기준선을 바꾸는 것은 더 어렵다.

사람들의 이런 관념을 어떻게 바꿀 수 있을까? 마르크스처럼 혁명이라도 일으켜야 할까? 21세기에? 대중의 동의를 얻는 점진적인 변화는 불가능한 것일까? 빌 게이츠가 말한 기술의 발전을 통한 환경 보호-기술 낙관론-에 해답이 있을지도 모른다. 자동차를 없애는 것이 아니라 전기 자동차로 바꾼다든지, 화석 연료를 일부 사용하는 대신에 탄소 포집 기술을 사용해 지구 온난화를 늦춘다든지 말이다.

《오래된 미래》에서도 '적정 기술'과 '지역 식품'에 대해 이야기한다. 화석 연료를 사용해 운송하지 않고 근처의 식품, 상품들을 소비하는 것 등의 작은 변화. 큰 자본이나 기술을 들이지 않고도 편의는 유지하면서 환경 파괴를 줄이는 방식이 기술의 개발을 통해 가능할 수 있다.

이미 행해지고 있는 한국의 지역 사회 운동도 주목할 만하다. 대전역 앞에 있는 한 식당을 보자면, 그 가게는 충청도에서 나온 재료들만으로 음식을 만든다. 72킬로미터 떨어진 제천의 가지, 43킬로미터 떨어진 보령의 굴, 12킬로미터 떨어진 영동의 포도와 같이 식당과 원산지의 거리를 표시하는 것 또한 인상적이다. 지역 먹거리 운동으로도 사회는 작게나마 변할 수 있다.

물론 기술 발전이 모든 것을 해결할 수는 없다. 화성에 가겠다며 우주선을 쏘아 대는 시대지만, 여전히 지구 어딘가에는 수십 년 전 퇴치된 질병의 백신이 없어 아이들이 죽어 나간다. 인류가 다른 행성으로 이주를 고민하기 전에 진정으로 고민해야 할 문제는 이런 것이다. 하나뿐인 지구를 지켜 내려면 지금 우리는 어떻게 살 것인가?

당연하지만, 이것은 개인의 문제도, 한 나라의 문제도 아닌 범세계적인 문제다. 우리가 늘 중국의 미세 먼지를 욕하지만, 그 미세 먼지는 우리가 소비하는 중국산 제품들로부터 나오지 않던가. 값싼 1천 원 마트의 공산품을 소비하는 대가를 우리는 잿빛 하늘로 치르고 있는 것이다.

모두의 연대가 필요하다

아, '손님들의 나라'는 어떻게 됐냐고? 마을에는 여동생과 둘이 살림을 꾸리던 소년 가장이 있었다. 어린 남매는 이웃들의 인정으로 추운 겨울과 보릿고개를 넘겨 왔으나, 올해 겨울은 달랐다. 각박한 인심 속에 남매는 해를 넘기지 못했다. 봄이 되어 얼어 죽은 두 아이가 발견됐다. 그동안 가죽신 장수에게 길들여졌던 동네 사람들이 그제야 번뜩 정신을 차렸다. 모두가 한마음이 되어 가죽신을 태우고 상인을 몰아냈다.

이제 손님들의 나라는 낯선 나그네를 무조건 환대하지 않는다. 밥을 먹이고 재워 주되, 나그네가 이곳의 질서와 삶의 양식, 평화와 문화를 파괴하지 않는지 마을 사람들 모두 늘 깨어 있기로 했다. 그렇게 이야기는 끝난다.

새벽 배송과 배달 음식이 남긴 쓰레기 더미에서 읽은 《오래된 미래》는 내게 반성하는 계기를 마련한 책이었다. 어머니가 왜 그토록 험하고 인간에게 혹독한 산골 마을에서 살아가는지 이해가 되었다. 우리가 살아갈 지구를 위해, 공동체를 위해 내 행동들은 지속 가능하지 않다는 결론에 이르렀다.

내 삶에서도 바꿀 수 있는 게 분명 있을 것이다. 지금 당장 새벽 배송과 배달 음식, SNS, 화석 연료로 굴러가는 교통수단을 한 번에 끊을 순 없지만, 작은 움직임들로 시작해 변화를 만들 수는 있다. 새벽 배송은 재활용이 가능한 보냉 가방에 물품을 받고, 배달 음식은 주문을 자제하고 그릇을 가져가 음식을 직접 사오고, SNS에서 소비를 부추기는 계정들의 팔로우를 끊는다거나, 대중교통을 일상적으로 이용한다거나 하는 식으로 말이다.

그리고 개인의 변화를 넘어선 거대한 움직임에도 관심을 가져야 한다. 나 혼자 새벽 배송을 끊는 것보다 기업 하나가 변하는 것이 환경에 큰 영향을 줄 수 있을 것이다. 그렇기에 다국적 기업, 큰 제조 공장들을 움직이기 위한 모두의 연대가 필요하다.

종이 빨대를 사용하는 것보다 어업에 규제를 가하는 것이 해양 플라스틱을 줄이는 데 더 큰 영향을 준다. 작은 학교에서의 적정 기술보다 다국적 기업의 전자 기기에 수리 가능성을 높이는 것이 환경 파괴를 줄이는 방법이다.

우리 앞길에는 두 가지 선택지가 있다. 하나는 쉬운 길, 하나는 어려운 길이다. 하나는 다수가 택하며, 몸이 편한 길이다. 그것이 인류에게, 그리고 나아가 나에게 지옥이 된다는 것을 알아차리기란 힘들지만 그것을 선택하는 것이 훨씬 쉽다. 다른 하나는 개인의 삶, 나아가 기업을, 국가를 바꾸는 길이다. 어려운 길이다. 그것이 어려운 것은 우리가 불편을 감수해야 하고, 싸워야 하는 길이기 때문이다.

세태에 휩쓸려 흘러가듯 살아가는 것은 편하다. 생각은 고통스럽고 힘을 빼는 것이 쿨한 모습으로 여겨지는 현대 사회다. 15년 전까지 소달구지 끌던 마을에서 자란 나도 그랬으니까. 《오래된 미래》를 통해 그저 편하게 누리던 것의 대가를 곱씹을 수 있었다.

라다크의 변화를 함께 얘기할 수 있으면 좋겠다. 우리 삶에서 무엇이 진정으로 행복을 주는지 함께 고민하고 이야기 나누고 싶다. 소비가 자신의 삶에 어떤 의미인지 같이 생각해 보는 시간이 되면 좋겠다. 당장 내 삶에서 실천할 수 있는 부분들이 있는지, 그리하여 작은 변화들을 만들어 나가면 더할 나위 없이 좋을 것이다. 내가 얼마나 변할 수 있을지는 장담할 수 없지만, 사흘 나아가고 사흘 멈춘다 할지라도 그 간격이 더 짧아진다면 분명 나는, 우리는 앞으로 나아갈 수 있지 않을까!

오래된 미래
헬레나 노르베리 호지 지음 | 양희승 옮김 | 중앙북스, 2015

때로는 전혀 알지도 못하는 이웃에
불이 났을 때 물 양동이를 들고
그 집으로 뛰어가는 이유는
이웃에 대한 사랑 때문이 아니다.
그러한 행동은 다소 막연하긴 하지만
인간이 지니는 연대성과 사회성이라는
훨씬 더 폭넓은 감정과
본능에서 우러난 것이다.

《만물은 서로 돕는다》중에서

살아남지 말고,
살아 있자

글 옥영경

살아남으라고 했다. 우리를 몰아붙이는 어른들도 달리 잘 몰라서 그랬을 것이다. 삶이란 전투라고, 우린 늘 싸워야 했다. 그렇게 중간고사 기말고사 들을 건너 대학 입시를 치르고 살아남아야 했고, 다시 중간고사 기말고사 들을 건넜더니 사회에 한 번 나가 보라고 윽죄었다. 협동은 좋은 덕목이었지만, 현실은 그렇지 않다. 각자 살아남아야 한다고 했다. 누군가 살았다면 누군가는 죽었을 것이다.

살아남지 못한 이들은 어디로 갔는가? 사회는 혹은 국가는 또는 우리는 그들을 자꾸 잊어버렸다. 가령 이런 사람들, 2021년 고3 학생 수는 44만 6천 명이 좀 넘었다. 2022학년도 대학수학능력시험 응시 원서는 전해에 비해 16,387명 증가한 509,821명 지원, 이 가운데 재학생은 약 36만 명이었다. 2022학년도 수능 결시율이 13.2퍼센트였으니 실제 시험을 본 인원은 더 적다. 수능을 지원하지 않은 이 8만 명은 수능을 친 이들에게 베푸는 특혜(예컨대 수능 응시 원서를 가져오면 30% 가격 할인이라든지), 빛나는 열아홉에서 제외된 숫자였다. 청년실업 대책을 논의할 때도 대졸자의 취업을 걱정했지 이들을 염두에 두지는 않았다. 그리고 그렇게 살아남았다고 영광이 있는 것도 아니었다. 그런데도 아직 살아남아야 했다. 이건 도대체 끝이 없다. 끝을 알 수도 없다.

어둠을 뚫고 빛으로 가기 위해

'그때' 나는 캄캄한 상심으로 축축해져 있었다. 나는 작고, 세상은 불안하고 불확실했다. 엉망이었다. 나는 늙었고, 아팠고, 뜻대로 되지 않았고, 외로웠다. 상심이라는 말은 이미 상투적이어서 뭐라 더 설명할 것도 못 된다. 까닭을 꼽는 게 무슨 소용이겠는가. 앞도 없고 뒤도 없는 까마득한 절벽 같은 시간이 왔는 걸. 나만을 위해서만 울지 않겠다, 그 결심마저 지키지 않았다면 방은 물로 질퍽거렸을 것이다.

뒤집혀 혼자 일어나지 못하는 노린재처럼 마음이 벌러덩 누워 꼼짝 못할 때 '그때' 내게 한 작가의 글 한 문단이 생각났다. 세상 말고도 우리 마음 안에 자신을 괴롭히는 것에 대해 열거한 문장들이었다. 자기가 아무리 과대평가되어도 자신만은 저를 아는 그런 것들이었다. 그곳으로 가서 실수를 바로 잡고 싶은 과거를 끊임없이 생각하고, 아무것도 안 하면서 중요한 사람으로 알아봐 주기를 바라고, 다시는 그러지 않겠다고 하고서 알면서 뻔뻔하게 같은 잘못을 저지르고, 아는 것도 없으면서 아는 체 하고, 칭찬에 비굴하고, 나를 안 좋게 보는 이들한테 앙갚음을 생각하고, 쪼잔하고 유치하고….

이런 어둠을 뚫고 빛으로 가기 위해서는 아주 작은 것이라도 딛고 오를 토대 하나, 시작은 작은 변화 하나면 된다는 내용으로 이어지는 글이었다. 살아야겠다고 생각했다. 다른 무슨 방법이 또 있었겠는가. '그때' 나는 그냥 이불을 뒤집어쓰는 대신 책 하나를 펼쳤다.

그렇게 손에 닿은 것이 표트르 A. 크로포트킨의 《만물은 서로 돕는다》였다. 어떤 책은 그 문장에 반하고 또 어떤 책은 그 마음에 반하고 또 다른 어떤 책은 거기 실린 이야기에 감동한다. 그리고 내게 힘내라고 또는 어떻게 나아가라고 말해 준다. 문학서도 아닌데 손에 든 책에서 전하는 이야기들이 다사로웠다. 사는 일이 너무 불행하다가 마음에 온기가 퍼졌다.

1902년판 서문에서 크로포트킨은 대부분의 다윈주의자들이 '동종간의 치열한 경쟁'을 생존 경쟁의 가장 두드러진 특징이자 진화의 주요인이라 여기지만 자신은 그것을 발견하기 어려웠다고 했다. 대신 동물의 수가 풍부한 곳에서 어김없이 서로 지지하여 돕는(상호 부조, 상호 지원) 모습을 목격할 수 있었다고. 인간 사회만 하더라도 근간이 되는 것은 사랑도 심지어 동정심도 아닌 연대 의식이라는. 이는 상호 부조를 실천하면서 각 개인이 빌린 힘을 무의식적으로 인정하는 것이며 각자의 행복이 모두의 행복과 밀접하다는 점을 무의식적으로 받아들이는 것이기도 하다고. 그리하여 그는 '자연법칙이자 진화의 요인으로서 상호 부조'를 찾아 기록하게 되었던 것이다.

자연에는 상호 투쟁의 법칙 이외에도 상호 부조의 법칙이 존재하는데, 생존 경쟁에서 살아남기 위해 특히 종이 계속 진화하기 위해서 상호 부조가 훨씬 더 중요하다며 그는 다윈의 진화론(엄밀하게 말하면 적자생존의 개념은 다윈의 주장도 아니고 허버트 스펜서의 주장)을 엎는다. 인류사 역시 그러했음에 책의 절반 이상을 할애하지만 동물의 상호 부조가 읽는 이의 가슴을 더 크게 울린다.

가령 이런 대목. 덩치 큰 몰루카 게 한 마리가 어항 구석에 뒤집혀 있었는데, 그 동료들은 한 시간 동안이나 갇힌 동료를 도와주려고 애쓰고 있었다. 동시에 두 마리가 와서 밑에서부터 갇힌 동료를 밀어올리고, 안간힘을 다한 끝에 성공했지만 수족관 구석 쇠막대 탓에 게는 다시 무겁게 뒤로 떨어진다. 여러 차례 시도 후 그중 한 마리가 어항 깊은 곳으로 가서는 다른 두 마리를 새로 데리고 온다. 이들을 관찰하던 일행들이 두 시간 이상 머물고 나오다 돌아보니 여전히 구조는 계속되고 있었다.

집이 같거나 같은 군체에 속하는 개미끼리는 서로에게 접근해서 더듬이로 몇 가지 동작을 교환한 다음에, 둘 중 하나가 배가 고프거나 목이 마르다면, 그리고 특히 상대방이 먹이를 두둑이 먹었다면, 즉각 먹이를 요청하고 요청을 받은 개체는 절대 거절하는 법 없이 아래턱을 열고 적당한 자세를 취해 배고픈 개미가 핥아 먹을 수 있는 투명한 액체 한 방울을 게워 낸다.

흰개미가 그랬고 꿀벌이 그랬고 흰꼬리독수리, 브라질산 솔개, 황조롱이, 사다새, 유럽참새, 댕기물떼새, 두루미, 앵무새 …. 상호 부조의 예를 열거하기란 거의 불가능하다 했다.

엄청난 생존 경쟁 속에서 자연 선택은 지속적으로 가능한 한 경쟁을 피하는 방법을 좇는다고 책은 증언한다. 새들은 겨울이 오면 서서히 남쪽으로 이동하거나 무수한 집단이 모여 긴 여행을 떠남으로써 경쟁을 피하고, 설치류들은 경쟁이 시작되어야 하는 시기면 아예 잠들어 버리고, 비버들은 강에서 수가 불어나면 두 무리로 나뉘어 늙은 것들은 강 아래로 가고 어린것들은 강 위로 올라감으로 겨룸을 피한다. 상호 부조와 상호 지지를 통해서 경쟁이 없어지면 더 좋은 조건들이 만들어진다는 것이다.

상호 부조와 상호 지원의 흐름은 계속된다

책은 구석기 시대 초부터 씨족과 부족의 형태로 살며 협력했던 흔적과 미개인의 촌락 공동체를 통해 원시 시대의 상호 부조를 펼쳐간다. 크로포트킨은 독자들에게 원시 시대와 중세 시대의 상호 부조를 서술한 부분에 특히 주목해 달라 했다.

중세 도시는 정치적인 자유를 보호하기 위한 단순한 정치 조직만은 아니었다. 촌락 공동체보다 훨씬 커다란 규모로 상호 원조와 지원, 소비와 생산을 위한 연합이었다. 길드와 촌락 공동체, 그 속에서 유지되던 상호 부조의 관습과 공동 경작, 협동조합, 공제조합이 정치 질서를 뒷받침하고 있었다.

노동자들의 열망이 이미 중세 때 실현되고 있었던 것도 본다. 책에 따르면, 15세기 영국에서 노동자들은 일주일에 48시간만 노동하였다. 근대에 와서 쟁취한 것으로 알려졌던 토요일의 반나절 노동도 중세에 이미 시행되고 있었다. 노동자 대회도 정기적으로 이루어졌다.

상호 부조 실천과 발전은 예술이나 지식 그리고 지능을 발전시킬 수 있는 사회생활의 조건을 만들어 냈다. 이 시기가 예술 그리고 과학의 전성기인 까닭이 그 때문일 것이다. 하지만 정신이 새로운 방향으로 나아가고 한 사람의 권력에 대한 새로운 믿음이 생겨나면서 과거의 연합주의적인 원리는 사라지고, 대중들이 가지고 있던 창조적인 정신 역시 차차 사라졌다.

그러나 상호 부조와 상호 지원의 흐름은 대중 속에서 잊히지 않았고, 실패를 경험한 뒤에도 엄청난 세력으로 다시 등장하며 근대를 열었다. 이때도 일정한 직업을 공동으로 수행하면서 상호 지원을 위해 탄생했던 중세의 길드처럼 사회적 약자였던 근대 노동자의 연대와 단결 역시 모습을 드러냈다.

상호 부조의 흐름은 평화와 번영기뿐만 아니라 최악의 재난이 닥쳤을 때도 사람들을 하나로 묶어 주었다. '만인에 대한 개개인의 투쟁이라는 이론은 과학이란 이름으로 제시되었지만 절대로 과학이 아니다'라고 외치며.

결론 장에 이르면 그의 이런 문장이 기다리고 있다.

마침내 상호 부조를 통해서 강철 같던 국가의 통치가 분쇄되었고 인간들이 서로 단결할 때마다 그러한 경향이 다시 나타나 제 목소리를 내게 되었다. 상호 부조의 경향은 인간의 삶에 속속들이 배어들게 되었고 이를 통해서 인간은 자신의 지친 삶을 북돋아 주는 데 필요한 모든 것을 마련하게 되었다. (《만물은 서로 돕는다》, 343쪽)

이 책의 1914년판 서문은 이렇게 맺는다.

이런 경험들은 마치 인류의 초기 단계에서부터 발휘된 상호 부조가 오늘날 문명화된 사회의 가장 진보적인 제도들을 낳은 것과 마찬가지로 새로운 제도들을 이끌어낼 것이다. (…)

세계를 비참함과 고통으로 몰아넣은 이 전쟁의 와중에서도 인간에게는 건설적인 힘이 작동한다고 믿을 여지가 있으며, 그러한 힘이 발휘되어 인간과 인간, 나아가 민족과 민족 사이에 더 나은 이해가 증진될 것이라고 나는 진심으로 희망한다. (9쪽)

벅찬 이야기다, 백 년 전에 쓴 서문이 지금도 유효하다는 데 놀란다. 이젠 따르는 이도 얼마 남아 있지 않은 인물이 한 말이 지금 이렇게 새파랗다니. 하염없이 어둠으로 내동댕이쳐졌다가, 적대적인 인간사가 주는 무력감이 이내 상심을 목구멍까지 밀어 올렸을 때 이 책이 내게 문을 두드린 것이다.

다음 변화를 일으킬 수 있는 디딤돌

나를 두드린 또 하나, 넷플릭스 8부작 미니시리즈 〈믿을 수 없는 이야기Unbelievable〉(2019)도 그즈음 보았다.

두 형사가 성폭행 피해자들을 만나면서 가해자를 좇고 마침내 범인을 잡는다. 하지만 이야기는 범인을 잡는 과정보다 피해자들의 마음을 어떻게 살피는가에 더 주목하게 한다. 교사로서 아이들을 대하는 데 있어 지닐 섬세한 감정에 대해서도 생각케 했다. 피해자의 말에 귀 기울이던, 형사 캐런이 성폭행 피해자에게 말한다, "네가 언제 말할지는 네가 결정하는 거야(네가 말할 때까지 내가 기다릴게)."

피해자 가운데 관심 받고 싶어 자작극을 벌인 거라고 누명까지 썼던 마리 애들러는 범인이 잡힌 뒤 새 삶터를 찾아 떠나며 캐런에게 전화를 건다.

"지금까지 살면서 세상에 좋은 사람들이 많다고 믿고 싶었어요. 그래야 희망이 생기니까."

하지만 일련의 사건들을 겪으며 그의 희망은 사라졌더랬다.

"세상이 이리 나쁜 곳이라면 여기 남을 필요가 있나….

그러다 두 사람 얘기를 들었어요. 알지도 못하는 곳에서 저를 위해 움직이고 잘못된 걸 바로 잡았다는 얘기요."

마리는 이제 좋은 일을 생각할 수 있다고, 내게 그런 일을 해 주었다고 말하고 싶었다고 전한다, "Thank you!(고맙습니다!)"

아, 멀리서 애쓰고 사는 일이 누군가를 구할 수도 있다. 어쩌면 내가 두메에서 작은 학교를 꾸리며 살아가는 나날이 (내게) 그런 기대이겠다는 생각을 했다. 이곳에서 애써 사는 삶으로 먼 곳의 누군가가 살고 싶어진다면! 그 때문에라도 나는 상심을 밀고 나와야 했다. 자신만으로는 이 구덩이를 나올 수 없었다. 저만 생각해서는 이 늪지대를 지날 수가 없는 것이다. 선언만으로 안 될 때 몸을 움직여야 한다. 풀을 매고 책을 읽었다. 책을 읽는 것도 몸이 하는 일이었다. 몸을 움직이자 슬픔의 자리가 사라지는 그림자처럼 서서히 거둬지고 있었다. 그늘을 밀어 낸 그 한 뼘 자리가 내 디딤돌일 것이다, 다음의 변화를 일으킬 수 있는.

크로포트킨은 1876년 혁명에 뛰어들었다. 그에게 혁명은 모든 사회적 자본을 인민들이 거두고, 인간을 억압하고 피폐하게 만들었던 모든 폭력이 사라지는 세상을 만드는 것을 뜻했다. "혁명은 단순히 지배자를 교체하는 것이 아니다. 인간성 발전을 오랫동안 저해한 모든 폭력의 폐지다."(《한 혁명가의 회상》 중에서)

그는 인간은 연대하며 서로 도와주는 도덕적 본성을 가지고 있다고 믿었다. 스스로 절제하며 이웃과 평화롭게 연대할 수 있다고 생각했다. 상호 부조론! 그러기 위해 모든 권력관계와 관료제도, 인간을 불필요하게 억압하는 요소들이 철폐되는 무정부 상태가 되어야 한다고 주장했다. 인민의 자발적 연대와 협동에 기초한 '국가 없는 자유 코뮌', 바로 아나키즘이었다!

아나키즘은 어떤 완전하고 완벽한 질서가 아니라 다양한 질서를 만들려는 실천이다. 아나키즘의 스펙트럼이 넓기는 하지만 국가와 자본에 반대하는 사상으로 대체로 합의된다. 국가와 권력과 시장은 인간을 소외시키고 민중을 착취하므로 거부한다. 이때 사회 조직은 수평적인 관계속에서 공동체 구성원들의 자치로 꾸려진다. 국가의 폐지를 주장하지만 이마저도 인민들의 자발적 선택, 바로 인민의 손에 달려 있다는 것이다.

크로포트킨은 이전까지 있던, 이론적 사상적 기반이 약하고 충동적인 테러리즘에 의지하던 아나키즘에 마침표를 찍고 인간의 노동, 사회적 관계를 생물학적 관점에서 꿰뚫어 아래로부터 자발적인 지역 공동체 대안 권력 구조를 만들자고 제안했다. 이 사상의 밑절미가 상호 부조론이었던 것. 그는 혁명이 무너져 국가 체계로 되돌아가더라도 연대 의식을 통해 그 권위에 맞서 다시 혁명을 일으킬 수 있다고 믿어 의심치 않았다.

우리 안에 있는 힘

1880년 크로포트킨이 혁명에 뛰어든 4년 뒤, 그는 당대 청년들을 향한 문건을 남긴다. 이 책 《청년에게 고함》은 아나키스트 혁명가인 크로포트킨이 쓴 격문이자 청년들을 향한 호소였다.

그동안 쌓아 올린 지성이나 능력과 학식으로 오늘날 비참과 무지의 나락에 떨어져 신음하는 사람들을 도울 날을 꿈꾸지 않는다면, 그것은 악덕으로 타락한 탓이라고 그는 외쳤다. 여러분은 그러한 꿈을 갖고 있냐고, 그렇다면 이제 그 꿈을 실현하기 위해 무엇을 할지 물어야 할 것이라는.

이 말의 진정성은 그의 삶에 있다. 그에 대한 평가에 따르면 크로포트킨은 혁명가의 삶을 살면서도 남에게 희생을 강요하지 않았고 평생을 스스로 희생하며 살았다. 그는 결코 복수자가 아니었으며 언제나 순교자였다. 그는 그러한 희생을 조금도 고통스러워하지 않았을 뿐 아니라 아무렇지도 않게 여겼다.

그로부터 140년이 흘렀다. 사회적 모순과 편견, 불평등, 부조리가 낳은 인간의 고통과 불행은 지금도 모습을 달리할지라도 사라지지 않았다. 그의 외침은 이 '신新 질곡' (저자 주: '새로운 질곡'이란 의미로 씀)들 앞에서 나는 무엇이 될 것인가 물었다. 그 시대 그는 사회주의자가 되라 말하지만, 그게 우리에게 지금 무슨 상관이겠는가. 여전히 청년이 있고, 나는 청년을 '저항 정신'으로 대체한다. 어느 시대나 있었던 청년으로 세상을 구했다고 믿는다. 이 시대라면 기후 위기를 피부로 느끼고 움직이는 마음이 청년일 것이다. 그러므로 청년은 자각하는 자의 다른 이름이다. 그의 웅변은 그야말로 청년에게 고하고 있는 말, 내게 청년의 마음을 일으키는 말인 것이다. 그가 내 입을 막으며 한마디 한다, "자네는 자네 자신만 보고 있구만!" 어쩌면 내 상심은 그게 출발이었다.

한 인간이 생각하고 발언한 대로 살았다는 사실은 언제나 경이롭다. 흔하지는 않지만 그런 사람들이 있다. 그 가운데 한 사람을 안다. 지난 2월 25일 마침내 김진숙은 에이치제이 중공업(구 한진중공업)에 복직했다. 1986년 7월 해고된 지 37년만이었다. 그는 이날 명예 복직과 동시에 퇴직했다. 스물한 살이던 그는 1981년 7월 대한조선공사 용접공으로 입사했고, 일터에 식당과 화장실이라도 만들어 보려고 노조 대의원이 되었고 곧바로 대공분실로 끌려갔다가 해고됐다. 6년 동안 일한 직장으로 돌아가기 위해 37년을 싸웠다. 309일 크레인 농성, 35미터 그 높은 곳에서 그가 싸워 낸 시간은 그가 쓴 역사였고, 동시에 그가 혼자 한 일은 아니었다. 지상에서 지지하고 응원하고 돕고 함께한 이들이 있었다.

'투쟁이라는 게 아무리 해도 안 되는 것처럼 보이지만…, 된다. 되더라. 역사적으로 임계점이라는 게 있는 거 같다. 폭발하는 순간들이 반드시 온다. 그냥 근거 없는 낙관이 아니라 내 삶에서 몇 번 체득하다 보니까 갖게 된 확신이다. 그런 순간들이 없었으면 지금까지 못 버텼을 일이기도 하고. (…) 어느 날 갑자기 된 건 없다. 귀중한 일일수록, 소중한 일일수록 더디게 방울방울 모여서 장강을 이룬다.' ('마침내 복직한 김진숙, 그가 37년간 싸운 이유', 《시사IN》, 2022.03.21.)

그의 세월이 쓰렸으나 고마웠다. 실천하는 사람들은, 타인에게 딛고 오를 토대가 되어 준다. 크든 작든 내 변화가 다음 변화를 끌어오는 걸 보여 준 사람들이고, 내게도 그게 가능하다고 말하는 사람들이다. 내 안의 상심이 밖으로 나오고, 세상에 선 상심에서 서서히 무언가를 딛고 나는 일어선다. 상심은 내 것이었으나 그것은 생각보다 아주 보편적인 감정이다. 모두 그런 감정을 딛고 나아갔다. 나도 그렇게 나를 끌어올린다. 안다, 의욕은 그다지 힘이 세지 않다는 걸. 그러나 우리가 다시 꺾일지라도 일어서려는 것 또한 우리 안에 분명하게 있는 힘이다.

어른들은 우리들에게 살아남으라고 했다. 나는 고쳐 말하기로 한다. 살아 있자! 같이, 함께 살아 있자. 나도 뭔가 해 볼게. 너도 내 뒤에 있어 주기를! 좋은 세상은 그렇게 온다. 내가 하려던 말은 이런 것이었다. 크로포트킨이 《만물은 서로 돕는다》에서 하고자 했던 말도 그것이었다고 여긴다.

나는 상심할 수 있음을 기뻐한다. 내 마음이 무엇에도 시들해지지 않음을, 덤덤해지지 않음을 다행으로 생각한다. 아프지만, 마음이 강퍅하지 않고 여리고 흔들리는 것을. 아직도 다른 존재에게 남아 있는 애정이 있고, 호기심이 있다. 그런 게 사는 일이다. 삶이다. 생명이다.

만물은 서로 돕는다
표트르 A. 크로포트킨 지음 | 김영범 옮김 | 르네상스, 2005

2 인류의 미래를 위한 상상

인류는 어디로
나아갈 것인가

글 류옥하다

'역사'는 무엇인가?

고대 그리스 시절부터 역사가들은 알렉산드리아 도서관 앞에서 역사의 정의에 대한 논쟁을 벌였다. 많은 학자들이 역사는 사실을 있는 그대로 기록하는 기계적인 것에 불과하다고 말했다. 한참 동안 이 생각은 학계의 주류였다.

그러나 20세기 초에 이르러 역사가 에드워드 H. 카는 이를 반박했다.

"역사란 역사가와 사실 사이의 지속적인 상호 작용 과

정이며, 현재와 과거 사이의 끝없는 대화다⋯. '사실'이라는 것은 역사가 불러줄 때만 말을 한다. 어떤 사실에 발언권을 줄 것인가, 또 어떤 순서로 어떤 맥락에서 말하도록할 것인가를 결정하는 것은 역사가다."

이스라엘의 역사학자 유발 하라리의 《사피엔스》가 세계적인 베스트셀러가 되었을 때, 어떤 이들은 이 책이 역사서로서는 가치가 없다고 했다. 질문과 새로운 고민만 가득할 뿐 해결 방법은 어디에 있냐는 것이었다.

그러나 지식을 전달하는 책은 이미 수없이 많지 않던가. 평생을 역사와 함께한 학자들과 그들의 논문들이 과학적 사실, 고고학적 증거들로 현란하게 인류사를 분석한다. 최근에는 현대 과학의 힘을 빌려 유전적 분석까지 마다하지 않는 책들도 많다.

《사피엔스》의 진정한 매력은 유발 하라리의 번뜩이는통찰에 있다. 그의 질문은 인류 종으로 시작해 농업 혁명과 산업 혁명을 지나 결국은 사피엔스 종의 본질에 대한질문을 포괄한다. 현대 경제 구조, 종교, 개인의 가치관까지 영역을 넘어선 사유들이 즐비하다. 이제껏 역사는 민족·국가·대륙 단위에서 쓰였다면, 이 책은 한 권으로 인류의 역사를 돌아보는 여행과도 같다.

유발 하라리에게 역사란 단지 사실의 기록이 아니다. 그는 독자와의 벽을 깨고, 읽는 이 스스로 질문을 던지게 하고 사유하게 한다. 인류사 전체를 자신의 시선으로 통찰하면서도, 독자에게 생각의 여지를 남겨 놓는다. 우리가 당연하다고 여긴 인류사에 새로운 시각을 가지게 한다.

우리가 공유하는 상상의 질서

호모 사피엔스는 어떻게 행성의 지배종이 되었을까? 왜 코끼리나 쥐가 아니라 인간인가? 일부 학자들은 언어의 유무가 그 차이를 만들었다고 말한다. 하지만 똑같이 언어를 말할 수 있었던 다른 인류 종들의 멸종은 어떻게 설명할 것인가?

네안데르탈인과 데니소바인이 아니라, 왜 우리가 문명

을 이루게 되었을까? 5만 년 전까지만 해도 우리와 비슷한 지능을 가진 '네안데르탈인'이 이 땅에 번성했다. 그들은 '호랑이가 나타났다'는 정도를 말할 수 있었을 것으로 생각된다.

유발 하라리는 그들과 사피엔스 종의 결정적인 차이를 '언어'에서 시작된 '상상의 질서' 때문이라고 한다. '호모 사피엔스'는 '호랑이가 나타났다'를 넘어서 '호랑이는 우리 부족의 조상신이다'라는 '상상'을 말할 수 있었다. 일종의 '거짓말의 발명'이자 '허구의 발명'이었다.

그런 상상의 힘은 한 무리에 50명을 넘지 못하던 호모 사피엔스 종을 7만 년 전에서 3만 년 전 사이에 150명, 수천 명 단위로 무리 지을 수 있게 했다. 그리고 무리는 종의 생존을 유리하게 했다. 이 허구의 유무가 네안데르탈인과 호모 사피엔스 중 누가 살아남는지를 결정했다는 것이다. '상상의 질서'를 통해 신체적으로는 호랑이나 사자에 비해 열등했던 사피엔스 종이 동물을 넘어 행성 단위의 문명을 만드는 현대 인류가 되었다.

'상상의 질서', 그 시작은 선사 시대의 번개와도 같은 초자연적 현상에 대한 숭배 정도였을 것이다. 그러나 인류는 그것을 활용해 전설, 신화, 신을 만들어 낼 수 있었다. 그리고 역사 시대에는 종교와 이념, 법인과 유한회사, 국가, 민족, 인권과 같은 상상을 만들어 냈다.

농업 혁명이 역사상 최대의 사기라고?

이러한 '상상의 질서'에 기름을 부은 것은 바로 농업 혁명이었다. 기존 역사가들은 농업으로 인류가 풍요롭고 번영을 맞았다고 말한다. 유발 하라리는 이것이 거짓이라 한다. 농업으로 인구가 증가하고, 그 인구가 다시 인구 부양력을 늘린 것은 사실이다. 그러나 많아진 인구와 가축들로 질병이 본격적으로 창궐하고, 노동 시간이 증가하고, 나머지 생산물로 계급이 탄생했다. 농업의 발견은 일부 지배 계급에게는 풍요일지 모르지만, 대다수 자유롭던 사람들은 피지배 계급으로 전락한 셈이 아닌가!

농업의 등장과 더불어 인류는 제국의 시대로 접어들었다. 사람들은 50명 단위의 직접적인 연대를 넘어서 모르는 이들-파라오·황제·칸·집정관-을 중심으로 대륙 단위로 뭉칠 수 있었다. 종교 또한 이러한 흐름을 가속했다. 유대교를 뿌리로 하는 일신교들이 널리 확산하였다. 광신적이고, 배타적인 이념들은 다시 인류의 응집력을 강화하는 데 작용했다.

인류는 진보하는가?

자유주의·사회주의·전체주의가 양차 세계 대전과 미소 냉전을 거치며 자유주의의 승리로 끝났다. 역사의 종언이 온 듯도 보인다. 과연 인류의 미래는 어디로 갈 것인가? 유발 하라리의 세계관에서 인류는 진보하거나 나은 혁명을 이뤄 나가지 않는 것처럼 보인다.

여기서 우리는 알랭 드 보통, 말콤 글래드웰, 스티븐 핑커, 매트 리들리의 대담집 《사피엔스의 미래》를 참고해 볼 수 있다. 이 대담에서 스티븐 핑커와 매트 리들리는 삶의 열 가지 진보 통계를 일일이 들며 수치로 이야기한다. 생명, 건강, 물질, 평화, 안전, 지능, 자유, 인권, 성 평등, 지성

등 모든 분야에서 인류가 앞서고 있다고 말한다. 핵무기는 핵 협상으로, 환경 파괴와 지구 온난화는 탄소세나 재생 에너지의 개발을 통해 해결하고 있다는 것이다.

알랭 드 보통과 말콤 글래드웰은 인간은 약하디약한 존재라는 겸손을 가져야 한다고 했다. 인간이 이뤄 낸 현대 문명이란 게 불과 몇십 년의 진보에 불과하고, 그 짧은 시간 놀라운 결과가 있었지만 앞으로도 그럴 수 있을 거라 장담하지 말라고 한다. 물질문명의 발달로 인해 인간이 완벽해질 것이라는 것은 무척이나 위험하고, 오만하며, 비인간적이라는 것이다.

신이 된 동물, 사피엔스

기술의 발전은 영생을 가능하게 한다. 유전자 편집 기술은 벌써 한 세대가 지난 업적이다. 호모 사피엔스는 이제 신만이 누리던 특권인 '젊음'과 '무한한 전능'에 도전한다. 유발 하라리의 표현으로는 '호모 데우스'(신이 된 인간)가 탄생하는 것이다. 그러나 우린 이에 준비되어 있는가?

우리 시대의 학문에 대한 기초 의학 교수님의 이야기가 생각난다. 파리에 관한 우스갯소리였다. 학부생은 파리 개론을 배우지만 석사는 파리 다리를, 박사는 파리 발톱을 배워 결국 파리 발톱의 때를 연구하는 교수가 되더라는. 갈수록 전문성은 높아지는데 비례해 학문 간의 벽도 그만큼 두터워지고 있다. '파리학' 전체가 어디로 향하는지 모르듯이, 우리는 인류의 기술 발전이 어디로 향하고 있는지 모른다.

> 우리의 기술은 카누에서 갤리선과 증기선을 거쳐 우주왕복선으로 발전해왔지만, 우리가 어디로 가고 있는지는 아무도 모른다. (…) 이보다 더욱 나쁜 것은 인류가 과거 어느 때보다도 무책임하다는 점이다. (…) 오로지 자신의 안락함과 즐거움 이외에는 추구하는 것이 거의 없지만, 그럼에도 결코 만족하지 못한다.
>
> 스스로 무엇을 원하는지도 모르는 채 불만스러워하며 무책임한 신들, 이보다 더 위험한 존재가 있을까? (《사피엔스》, 588쪽)

유발 하라리는 '호모 데우스의 탄생'과 '데이터교 혁명'이 백 년 안에 이뤄질 것으로 내다보았다.

> (…) 우리에게 의미 있는 세계는 몇십 년 안에 무너질 수 있다. 세상과 무관한 존재가 되기 전에 죽으면 그만이라고 안심할 수는 없다. 2100년에 신들이 거리를 돌아다니지는 않더라도, 호모 사피엔스의 성능을 높이려는 시도가 이번 세기 안에 세상을 몰라볼 정도로 바꿀 것이다. (《호모 데우스》, 78쪽)

더 이상 우리에게는 시대에 대한 선택권이 남아 있지 않다. 이전에는 몇 세대 늦게 가거나, 고유의 속도를 가질 수도 있었다. 세계의 풍파를 피할 수 있는 선택권이 있었다. 그러나 세계화의 시대에서 산골에 사는 개인조차도 종의 진보에서 더는 자유로울 수 없다. 누구도 이 고민에서 자유롭지 않다.

이미 많은 것을 누리는 현대인들이 옛 시대의 사람들에 비해 행복한가? 그렇다면 과연 영생과 전능 속에서 인류는 더 풍요로울 것인가? 사람들은 더 연대하고 사랑하고 행복할 것인가? 우리 미래 세대의 '상상의 질서'가 필요한 시점이다.

사피엔스
유발 하라리 지음 | 조현욱 옮김 | 이태수 감수 | 김영사, 2015
호모 데우스
유발 하라리 지음 | 김명주 옮김 | 김영사, 2017

우리의 삶은 얼마나 많은 적을 정복했느냐가 아니라
얼마나 많은 친구를 만들었느냐로 평가해야 함을.
그것이 우리 종이 살아남을 수 있었던 숨은 비결이다.

《다정한 것이 살아남는다》 중에서

내일을 지키는 일로,
마침내 내일을 산다

글 옥영경

나는 호랑지빠귀 한 마리, 곤줄박이 열네 마리와 다람
쥐, 족제비, 뱀, 고라니 그리고 새끼가 딸린 어미 멧돼지랑
어울려 산다. 꽃마리와 진달래, 살구꽃과 하늘말나리, 원
추리, 달맞이꽃, 칡꽃, 쑥부쟁이, 수크령이 때마다 피고 지
는 산골 마을, 거기 작은 학교에 깃들어 살고 있다.

조그만큼 있는 학교 마당은 진돗개 두 마리가 지킨다.
3년 전 10월, 생후 두 달 된 강아지가 '나는 제습제입니
다'라고 적힌 상자에 담겨 와 '제습이'라 부르게 되었다.
그리고 스무 날 뒤 온 동생은 형의 항렬을 따라 '가습이'

가 되었다. 우리는 습을 더하거나 빼면서 아침에는 물까치를 쫓고 저녁이면 고샅길을 어슬렁거렸다. 두 녀석이 아침에 문 열고 나오는 나를 얼마나 애타게 기다리는지, 나를 오직 사랑하는 존재가 이렇게까지 있었나 싶을 정도였다.

그해 겨울 계절학교를 하고 있었다. 습이 형제는 가끔 운동장에 내 모습이 보이면 좀 와 보라고 불렀다. 하지만 몸을 뺄 틈이 없었다.

엿새의 일정을 마친 아이들이 돌아가고 그제야 습이 형제에게 갔다. 여느 때라면 나에게 와락 안겼을 것이다. 그런데 그날은 어찌 된 일인지 둘 다 뒷걸음을 치더니 고개를 한쪽으로 스윽 돌리며 '으으으으으응' 소리를 냈다. 아, 습이 형제가 삐쳤던 거다. 왜 그동안 아무리 불러도 오지 않았느냐, 왜 이제야 왔냐는, 이제라도 와서 기쁘지만 너무 속상했다고 하는. 그들을 쓰다듬으며 나는 미안함을 전했다.

내가 섬기는 어떤 낱말도 그들에게 닿지 못할 것 같고, 천년이 지난다고 그들이 사람의 언어로 말하는 날이 올 것 같지도 않은데, 우리는 그리 '말하고' 있었다. 그들과 쌓아 온 우정은 고단이 넘치는 삶에 산모롱이에서 만나는 꽃들처럼 벅차게 왔다. 아이를 키우는 동안 아이의 사랑이 나를 일으켜 주었을 때처럼. 멀리 나갔다가 계곡을 따라 돌아오는 굽이 길에서 그들이 있는 학교로 어서어서 돌아오고파 마음이 밭다.

습이 형제는 놀라울 정도로 똑똑하고 유순하다. 잘못을 저질러 놓고 저가 먼저 고개를 푹 숙이거나 딴청을 피우는 걸 보면 저들이 너무나 사람 같아 목에 건 줄이 안쓰러워 당장 풀어 주고 싶다. 하지만 교문을 들어서는 낯선 이들에게 매우 강한 적대감으로 짖고, 산책을 하다 보는 까치와 다람쥐를 향해 무섭게 돌진하는 걸 보면 그들의 야생성을 새삼 되짚어 보게 된다. 그들과 나는 '우리'이고, 우리가 아닌 것은 남이다. 이들은 주인 혹은 주인을 둘러싼 구성원들을 향해서는 친절하나 다른 사람 혹은 동물에 대해서는 두려움과 공격성을 한껏 드러낸다.

그들의 이런 행동이 의미하는 건 무엇일까? 아니 그 전에, 개들은 우리 곁에 어떻게 이리 가까이 있게 된 것일까?

호모 사피엔스는 어떻게 승자가 되었나

호모 사피엔스는 승자 가능성이 결코 높았던 종이 아니었다. 그런데도 우리 종의 문화와 기술이 다른 어떤 사람 종보다도 훨씬 더 강력하고 우월하게 도약했고, 이 지상에 살아남았다. 어떻게? 무엇으로? 《다정한 것이 살아남는다》에 따르면 답은 바로 협력적 의사소통 능력인 친화력! 그러니까 우리 종이 번성한 것은 우리가 똑똑해졌기 때문이 아니라, 친화적으로 진화했기 때문이었다.

수렵 채집 사회에서 우리 조상들은 무엇이든 나누었고 그 보상으로 다른 사람들과 친구가 되어 굶주리거나 다치거나 아플 때 보살핌을 받을 수 있었다. 작물도, 냉장고도, 은행도, 정부도 없던 그들에게 이 사회적 유대가 유일한 보험이었다. 그리하여 공격성 같은 동물적 본성이 억제되고 친화력이 높아지는 방향으로 진화하는 자기가축화 self-domestication 과정이 수세대에 걸쳐 일어났던 것이다. 친화력은 호전성보다 생존에 유리한 전략이었고, 호모 사피엔스는 그렇게 스스로 가축화의 길을 택함으로써 지금에 이르렀다.

개도 그랬다. 그들은 사람이 길들인 게 아니었다. 사람의 의도적 선택 없이 친화력 좋은 새로운 종으로 진화했다. 친화력 높은 늑대들이 스스로 가축화하여 개가 됐다는 것이다. 흔히 가축화가 동물을 우둔하게 만들었다는 생각과 달리 친화력이 동물들의 인지능력, 특히 협력과 의사소통의 측면에서 더 유리하게 작용했다. '이미' 친화력이 좋았던 개(보노보 역시)가 사람과 상호 작용으로 모든 협력적 의사소통 기술이 더욱 향상된 것이라고 저자들은 말한다.

양날의 검, 친화력 혹은 다정함

그렇게 살아남고 번성한 우리 종이건만 우리는 왜 지금 이 모양인가?

팔레스타인과 이스라엘 분쟁은 이제 일상이다. 2021년 5월에 벌어졌던 유혈 충돌에서도 300명 가까운 팔레스타인인과 열두 명의 이스라엘인이 숨졌다. 말이 자치 지구이지 세상에서 가장 큰 감옥에 다름 아닌 콘크리트 장벽의 고립 지역 팔레스타인으로 날아든 전투기에 사망한 명단에는 임산부 두 명, 십 대 한 명, 생후 14개월과 4개월 된 영아 두 명도 있었다. 어린이날에 들은 소식이라 더 우울했다.

2019년 아시아 최대 이슈는 홍콩 시위였다. 연초 홍콩 정부가 도입하려 했던 송환법으로 촉발된 홍콩 시위는 같은 해 6월 각각 100만 명과 200만 명이 참여한 대규모 시위로 발전했고, 8월부터는 경찰과 시위대 사이의 폭력으로 홍콩 사회는 정치·경제·사회적으로 큰 타격을 입었다.

2021년 2월에 일어난 군사 쿠데타에 저항하는 미얀마의 민주화 항쟁은 해를 넘기며 이어졌고, 지금도 많은 사상자가 잇따르고 있다. 유엔난민기구에 따르면 불안정한 상황과 격렬한 분쟁으로 고향을 떠난 국내 실향민 수가 30만 명 가까이 이르고, 안타깝게도 상황은 갈수록 더 악화되고 있다.

2022년 2월 24일, 러시아는 우크라이나를 침공했다. 이 시대에도 기갑 장비를 앞세우고 국경을 넘어 진군이라니! 비현실적으로 느껴지기까지 하는 이 전쟁은 당장 밀

가루와 기름 값 상승으로 우리에게 현실로 왔다.

우리 인간은 정말 글러 먹었다!

친화력 때문에 살고 흥한 우리 종은 바로 그 친화력 때문에 서로를 해치고 있다. 개와 보노보가 자기가축화를 통해서 친화력을 강화했지만, 두 종 모두 자신의 가족에게 위협이 되는 존재에 대해서는 새로운 형태의 공격성을 발달시켰던 것처럼.

사람의 친절함은 우리가 서로에게 행하는 잔인성과도 연결되어 있다고 책은 말한다. 우리는 우리 집단 구성원이 위협을 받을 때 더 큰 폭력성을 드러낸다. 그럴 때 우리는 우리 집단 소속이 아닌 사람들의 기본 인권에 눈감는다. 이 맹목성은 편견보다 훨씬 더 강하다. 그들이 겪는 고통은 우리랑 상관없고, 그런 자들은 공격해도 무방하며, 그들을 인간으로 대우해야 한다는 도덕적 판단 따위는 쓰레기통에 버린다. 미국 정부를 수립하던 시기의 제임스 매디슨이 말한 대로 인류는 상호 적대감에 빠지는 경향이 얼마나 강한가 하면, 거의 공상이라 해도 무방할 더없이 하찮은 차이만으로도 최악의 폭력적 분쟁을 일으킨다.

자신들이 사람으로 대우받지 못한다고 느끼는 집단은 역으로 다른 집단 사람들을 비인간화하게 된다. 소셜 미디어가 우리를 연결해 주는 이 현대 사회에서 비인간화 경향은 오히려 가파른 속도로 증폭되고 있다. 편견을 표출하던 덩치 큰 집단들이 보복성 비인간화 행태에 동참하며 순식간에 서로를 인간 이하로 취급하는 데서 그치지 않고 서로를 보복적으로 비인간화하는 세계로 나아가고 있다.

소름이 돋는다. 이것이 현 사회 현상을 설명해 준다. 종족 갈등도, 정치적 갈등도, 젠더 갈등도 그렇다, 한국 사회의 정치 상황은 말할 것도 없고. 보수와 진보는 서로에게 말을 걸 줄 모르고 그저 주장하고 싸운다. 얘기가 안 된다고 생각한다. 심지어 거칠게는 서로 사람도 아니라고 생각한다. 페미니즘과 반페미니즘 진영 대결도 마찬가지다. 이 날선 전선에서 서로에게 가는 다리를 놓을 방법은 없을까?

우리는 만나야 한다

히틀러 치하 유대인 대학살이 있었을 때 발각되면 고문을 받거나 국외로 추방되거나 목숨을 잃거나 온 가족이 몰살되는 위험에서도 그들을 구해 준 이들이 있었다. 영웅이거나 특별히 저항 정신이 큰 이들도 아니었다. 지역으로도 빈부로도 직업으로도 그들을 묶을 수 없는 다양한 사람들이었다. 그들 모두는 전쟁 전에 유대인 이웃이나 친구 혹은 직장 동료와 친하게 지낸 경험이 있었을 뿐이다.

제2차 세계 대전이 끝난 뒤 학자들은 집단 간에 갈등을 감소시킬 수 있는 유일한 방법이 접촉이라고 생각했다. 그리하여 서로를 위협으로 느끼지 않게 하는 것. 이데올로기, 문화, 인종이 다른 사람들과의 교류와 소통은 우리 모두가 같은 집단에 속하는 사람들이라는 사실을 일깨워 주는 효과적이고 보편적인 방법이라는 것이다.

어느 때보다 공정이 큰 화두가 되고 있던 2021년 한국 사회에 마이클 샌델의 책 하나가 와닿았다.

흔히 개인의 능력에 따라 지위나 권력, 경제적 보상이 주어지는 게 당연하다고 생각한다. 능력이 있으니 성공했다는 능력주의가 그것이다. 여기에는 어두운 그늘이 있다. 책은, 자신은 노력해서 높은 자리에 이르렀지만 당신은 노력하지 않았으므로 저 아래 있을 뿐이라는 성공한 이의 오만이 있고, 실패한 이들은 더 노력하지 않은 자신을 부끄러워하고 짙어 가는 열등감이 있다고 했다. 그래서 뭘 어쩌면 좋단 말인가?

(…) 다만 서로 다른 삶의 영역에서 온 시민들이 서로 공동의 공간과 공공장소에서 만날 것을 요구한다. 이로써 우리는 우리의 다른 의견에 관해 타협하며 우리의 다름과 함께 더불어 살아가는 법을 배울 수 있다. 그리고 이것이 우리가 공동선을 기르는 방법이다. (《공정하다는 착각》, 353쪽)

샌델도 결국 '만남'을 말하고 있었다.

우리의 민주주의는 여전히 비틀거리지만, 우리가 내면

의 어두운 본성은 잠재우고 선한 본성을 발휘할 수 있음을 견실하게 증명해 온 유일한 정부 형태가 민주주의라는 데 큰 이견이 없을 것이다. 그러나 그것은 끊임없이 도전받는다. 역사에는 타인 혹은 타 집단을 비인간화하는 경향을 이용하는 권력자들이 쉼 없이 등장한다. 우리가 타인을 비인간화하는 지도자는 외면하고 타인에게도 인간애를 실천할 것을 주장하는 지도자에게 정당과 소속을 떠나 힘을 실어 주는 것도 민주주의를 지키는 방법이라고 《다정한 것이 살아남는다》의 두 저자는 말한다.

> 건강한 민주주의를 유지하기 위해서는 두려움 없이 서로를 만날 수 있고 무례하지 않게 반대 의견을 낼 수 있으며 자신과 하나도 닮지 않은 사람들과도 친구가 될 수 있는 공간을 설계할 필요가 있다. (《다정한 것이 살아남는다》, 283~284쪽)

방을 한 발짝도 나가지 않고도 스마트폰으로 초연결된 세계에 살고 있는데, 우리는 외려 외롭고 결국 고립되어 있다. 코로나19 때문이었다고 핑계를 댈 수 있겠지만, 그전에도 또 이후에도 그러했다. 노리나 허츠가 《고립의 시대》에서 말했듯 오랫동안 고립된 생쥐들이 새로운 생쥐를 물어뜯듯이 외로움은 우리의 정치를 극단주의와 포퓰리즘으로 몰아가고, 컴퓨터 화면에 붙잡힌 우리는 사소한 상호 작용의 기회마저 박탈당하고, 스마트폰에 연결된 사람들의 소통 능력은 오히려 파국으로 향한다.

실제 팬데믹 위기가 지나고 면대면 연결에 대한 억눌린 욕구가 외로움의 경제를 폭발시키며 단순 소비로 흐르고 있다. 어마어마한 여행객들이 쏟아진다. 그러나 여전히 우리는 위축될 대로 위축되고 삶의 불안과 불확실성을 소비로 외면으로 견디고 아니면 혐오로 견딘다. 그렇게 서로 인간 가능성을 끝없이 축소하고 있다.

그런데 이 커다란 문제에 노리나 하츠가 말하는 해법이 너무나 사소해서 놀랍다. 마을 가게에서 만난 이웃과 잠시 근황을 나누고, 마을 바리스타에게서 커피를 받아들며 잘 지내냐는 인사말을 교환하고, 우리 이름을 부르며 인사를 건네는 마을 세탁소 주인에게 미소 짓자 한다.

이 같이 우리가 같은 도로에 사는 사람들과 만나서 우정을 나눌 때 벽은 허물어지고 이방인이 이웃이 되며 공동체가 설 수 있다는 것이다. 난민을 향한 증오에 가까운 감정도 우리가 나빠서가 아니라 우리가 그들과 만나보지 못했기 때문 아니겠는지.

한 시인의 노래처럼 '가슴과 가슴으로 노둣돌을 놓'자. 우리가 만나는 것만으로는 삶을 구하기에 충분치 않지만 만나지 않으면 우리는 우리를 구할 수 없다!

만남 뒤에 남은 이야기

만남, 그것은 우정이 시작되는 출발점이다. 이제 우리는 만남 뒤에 대해 말해야 한다.

우리가 전 세계로 퍼진 코로나의 감염 숫자에 집중하고 있을 때, 그 뒤에는 다른 서사들이 있었다. 예를 들면 이런 거. 코로나 바이러스과는 사람과 낙타, 소, 고양이, 박쥐 같은 다양한 동물에 흔하게 서식하는 큰 바이러스 무리라고 한다. 사람들이 숲을 파괴했다. 서식지를 잃은

박쥐는 다른 곳으로 날아가 나무의 열매를 먹고 돼지 사육농장 위에서 똥을 누었다. 팔려 간 돼지를 손질하던 요리사가 바삐 앞치마에 손을 닦고 찾아온 반가운 손님과 악수를 한다. 그때 손만, 닿은 것이 아니었다! 바이러스를 부른 건 결국 사람이었다.(영화 〈컨테이젼Cantagion〉, 스티븐 소더버그 감독, 2011)

나는 아마존을 파괴하지 않았다. 정말? 내가 쓴 생활하수는 어디에 있는가? 내가 쓰는 많은 물건들을 만든 공장 폐수는? 내가 오늘 차린 밥상의 고기를 기른 축산 폐수는? 내가 욕실에서 쓴 세정제, 주방에서 쓴 주방 세제는 어디로 흘러갔는가? 내가 탄 자동차의 매연은? 산성비는 다시 내게 내리고, 엽록소를 파괴하고 식량 식물들의 성장을 막는다. 내가 버린 쓰레기는 토양을 오염시키고, 내가 고르는 굵고 상처 없는 과일은 농약을 통해 길러졌다. 우리는 그렇게 생태계 파괴에 분명히 한몫한다.

올해 북유럽과 중국 남부에 유례없는 큰 홍수가 났고, 호주, 캐나다, 미국, 그리스, 터키, 러시아에서는 큰 산불이 있었다. 방글라데시는 홍수로 400만 명의 이재민이 생겼고, 아프가니스탄은 탈레반과 하는 전쟁 위험보다 가뭄으로 인한 식량난으로 사회 붕괴를 겪고 있다.

나는 방글라데시를 구할 수 없다. 아프가니스탄을 구할 수 없다. 내가 자동차를 덜 타고, 일회용 컵을 덜 쓰는 것은 이 거대한 상실의 규모에 견주면 아무것도 아니다. 결국 수백만 명이 기후 위기로 죽거나 기후 난민이 될 것이다. 우리에게 남은 물과 식량은 얼마일까? 우리 아이들이 밖에서 놀 수 있는 날이 얼마나 될까? 숫자에 대해 말하는 것이 아니다. 그것은 우리 삶, 개인 삶의 일부이다.

환경 위기는 커다란 바깥의 힘으로 닥쳐온 것이고, 그렇기 때문에 그만큼 큰 외부 힘이 있어야 해결될 수 있다고 대개 생각한다. 그럴까? 내가 한 몫은? 내가 져야 하는 책임이 있다. 수백만 명의 삶에까지 관심을 기울이기는 어렵지만, 내 친구 내 가족은? 관심까지도 필요 없다. 나는 내 친구를, 내 가족을 구하기만 하면 된다. 내가 구하고 네가 구한다면 우리는 살 수 있다.

안전한 곳으로 피난을 가면 된다고? 어디가 안전한 곳인가? 세계의 어둔 이야기가 그렇듯 이미 기후 위기의 피해는 가장 약한 이들의 삶으로 먼저 스며들고 있다. 그들을 지킬 수 없다면, 나를 지킬 수 없다면?

'기후 위기, 어떻게 해야 하는가'라는 질문은 우리가 어떤 삶을 살고 싶은가, 나는 어떤 일을 하고 살 것인가 하는 내 삶과 관련된 문제이다. 이제 더 이상 전과 같이 살기를 원치 않는 것이 이 시대의 희망이라고 하던가.

러시아의 상트 이사크 광장에 보관된 인류의 유산 하나는 38만 개가 넘는 발아 가능한 씨앗과 뿌리와 열매의 표본이다. 이것은 니콜라이 바빌로프가 1894년부터 응용식물학연구소에서 일하면서 채집한 2,500여 종의 작물에서 추출했다. 이 작물들은 기아에 시달리는 러시아 인민들, 더 나아가 지상의 식량 문제 해결을 소망했던 바빌로프가 다섯 대륙에 걸친 115회의 여정에서 모은 것이었다. 세상의 모든 음식이 어디에서 왔는지 밝히고 지키려던 그는 1943년 1월에 만성적인 굶주림의 부작용으로 숨을 거두었다.

1941년 7월, 히틀러의 나치 군대는 폴란드를 넘어 소련을 침공한다. 스탈린은 레닌그라드의 예르미타시 박물관이 소장한 2백만 점의 유물을 다른 곳으로 옮기지만, 정작 히틀러가 탐낸 것은 그곳에서 불과 몇 블록 떨어지지 않은 식물종자은행이었다. 우생학을 앞세우던 그로서는 당연한 선택이었다.

히틀러의 침공으로 900일 동안 레닌그라드가 봉쇄되었을 때, 종자은행의 지하에서 문을 닫아건 채 숨죽이고 있던 바빌로프의 동료 가운데 가장 헌신적이던 아홉 사람이 병으로 숨지거나 굶주림으로 죽었다(물론 이들만 죽은 건 아니다. 이 봉쇄기에 70만 명이 넘는 사람이 아사했다). 추위에 얼어붙고 굶주림에 허덕이면서도 그들은 끝끝내 자신이 돌보고 연구하던 씨앗을 먹지 않았다. 단 한 톨도 훼손되지 않은 종자!

자신의 생존 너머 다른 것(혹은 사람)을 중요하게 여길 줄 아는 이들이 주는 감동이 있다. 그들은 내일을 지키기 위해 지금이 소중했던 사람들이다. 나는 그 '지금'을 생각한다. 그들이 그들의 지금에서 씨앗을 지켰다면 나는 지금 무엇을 지킬 것인가? 씨앗에는 과거 현재 미래가 들어 있었고, 그들은 자신이 없을 미래까지도 지켜 냈다.

　나는 아이들을 지키고 싶다. 어떻게? 무엇으로? 책상 앞의 공부만이 전부인 세계에서 놀이로 아이들을 지켜 주고 싶다. 놀이가 무엇이길래? 학대에서도, 신뢰를 상실한 상황에서도, 포탄이 나는 하늘 아래서도 놀이로 일어나는 아이들을 보았다. 우리는 놀이에서 살고 죽고 부활하며 어린 날을 보냈다. 놀이에서 참는 것도 규칙을 받아들이는 것도 조율하는 것도 배웠고, 약한 자를 무리 속으로 들이고 무리보다 뛰어나도 모자라도 따로 떼어 놓지 않고 놀 수 있는 방법도 찾았다. 좌절과 성공의 경험이 끊임없이 교차하는 놀이에서 실패에 대한 두려움도 걷어 냈다. 놀이를 만들며 놀이를 하며 발견하고 성장했고, 넘어져도 다시 일어나 툭툭 털고 자신의 길을 걸어가는 것도 놀이가 가르쳐 주었다.

　세상이 길을 잃었다. 방향성을 찾는 일, 그리고 거기로 걸어가는 일이 내일을 지키는 일이고 궁극에는 내 삶을 지키는 일이다. 나는 아이들을 지키는 일로 지금을 살고 마침내 내일을 살겠다.

다정한 것이 살아남는다
브라이언 헤어, 버네사 우즈 지음 │ 이민아 옮김 │ 박한선 감수 │ 디플롯, 2021

혼돈의 세계에 보내는
3 경고와 위로

현실을 마주 보고
깨어 있자

글 류목하다

누구나 내일을 알고 싶어 한다. 그것이 내일의 날씨거나, 다음 주의 로또 번호일 수도 있고, 십 년 후의 과학 기술일 수도 있다. 미래를 예측하는 것은 모두의 꿈이지만, 복잡한 인간 사회의 수십 년 후를 예측하는 것은 불가능에 가깝다.

1985년, 미국의 문화평론가 닐 포스트먼은 《죽도록 즐기기》를 펴냈다. 그는 이 책에서 디스토피아적인 미래를 예견한 유명한 두 작품 《1984》와 《멋진 신세계》를 다뤘다. 두 책 모두 인간의 암울한 내일을 말하는 소설인데,

91

그 모습이 같은 듯 다르다. 닐 포스트먼은 인간 사회의 모습이 《멋진 신세계》에 가까울 것이라고 했다. 두 책은 어떤 미래를 다루었고, 닐 포스트먼은 왜 후자의 세상이 올 것으로 보았을까?

조지 오웰이 1949년에 출간한 《1984》는 검열의 세상에서 그 검열의 두려움을 담았다. 그가 그린 세계는 단지 출판, 집회의 자유가 사라진 것을 넘어 인간의 사고와 언어가 검열을 당하는 세상이다. 모든 시민들을 '텔레스크린'이라 불리는 장치로 24시간 감시하고 추적한다. 당에서는 인간의 비판 의지를 말살하기 위해 새로운 언어를 만든다. 자유라는 단어에서 자유의 뜻이 사라지고, 평등이라는 단어에서 평등의 뜻이 사라진다.

《멋진 신세계》에서 헉슬리는 쾌락과 불필요한 정보의 바다 속에서 대중이 진실에 대한 탐구, 연대 의식을 상실한 채 이기적 개인이 되는 것을 더 무섭다고 여겼다. 모두가 쾌락에 헤엄치느라 바빠 책을 읽거나 생각하려 하지 않는 사회에 대한 두려움이었다. 누군가 검열하거나 금지

할 필요 없이도 사람들이 스스로 '사유'에서 멀어질 수 있다는 것이다.

결국 20세기의 끝에서 닐 포스트만은 헉슬리의 승리를 선언했다. 파시즘이 20세기 중반에, 공산주의가 20세기 말에 붕괴했다. 지구상에 전체주의자와 독재를 위한 자리는 더 이상 없어 보였다. '빅 브라더'에 맞서던 수많은 민주주의자, 자유주의자들은 이 승리에 도취한 채 방심했다.

그들은 우리가 너무나도 쉽게 정보의 홍수 속에서 가짜 뉴스, 연애와 오락, 스포츠 뉴스에 빠진다는 것을 간과했다. 그때는 인터넷 같은 정보의 홍수를 예상치 못했을 테니까. 헉슬리의 경고처럼 아무도 생각하려 하지 않고, 사유하려 하지 않고, 진실을 찾으려 하지 않는 세계가 오고야 말았다. 이제 인류의 진정한 위험은 《멋진 신세계》 속의 '한 방울이면 모든 고통과 생각을 없애 주는' 소마'(쾌락제) 그 자체가 되어 버렸다.

닐 포스트먼이 《죽도록 즐기기》를 쓴 지 10년 뒤에 스마트폰이 나왔다. 이제는 거실에서 보는 텔레비전, 컴퓨터의 세상을 넘어 일상 속의 순간순간조차 인류는 연결되었다. 소셜 미디어의 발전이 뒤를 이었다. 전례 없이 많은 정보, 쾌락과 물질의 풍요가 진정으로 범세계화되었다. 라다크의 십 대 청년과 서울의 대학생이 모두 뉴욕에 사는 인플루언서의 아침 식사를 실시간으로 지켜본다.

이제 가짜 뉴스는 더 이상 거대한 언론 재벌이나 정치인의 기획에 의한 독점이 아니다. 동네 미용실에서 떠돌고 말던 소문은 페이스북, 인스타그램을 타고 전 세계 질서에 영향을 미친다. 사람들은 합리적이고 객관적인 판단을 하기보다는 순간의 밈meme이나 가짜 뉴스에 휩쓸린다. 진짜 정보와 가짜 뉴스를 구분하는 데 많은 이들이 더욱 어려움을 겪고 있다.

스마트폰의 등장 10년 뒤, 브렉시트Brexit가 일어났다. 세계화, 자유로운 국경과 이민, 난민에 대한 환대에는 제동이 걸렸다. 그 뒤를 이어 바로 미국 대통령에 트럼프가 당선되었다. 수많은 지식인들이 민주주의와 자유주의의, 인권과 인본주의의 후퇴라 평했다.

우리가 바라는 사회

물질적으로 인류는 그 어느 때보다 풍요롭다. 특히 선진국과 개도국에 그 풍요는 집중되어 있다. 지구촌의 보건 위생과 생활 수준은 지난 세기 동안 놀랍도록 개선되었다. 그러나 과연 인간은 그 전세대보다 행복한가? 민주주의는 전 세계의 표준이 되었다. 그러나 우리가 그 전세대보다 더 자유로운가?

《멋진 신세계》의 사람들은 모든 고통과 슬픔에서 해방되었다. '소마' 한 방울이면 모든 슬픔이 잊혔다. 물질은 풍요롭고 인간은 죽음의 공포로부터도 풀려났다. 그러나 슬플 권리, 다시 말하면 우리가 주체적으로 인간의 감정을 느낄 권리 또한 사라져 버렸다.

헉슬리가 그린 세계는 이제 더 이상 먼 미래가 아니다. 21세기에 들어 온 인류의 감정을 조절하려는 과학적 시도들이 봇물처럼 터져 나오고 있다. 그 기술들은 뇌와 컴퓨터를 연결하거나 깊은 뇌에 자극을 가해 감정을 조절하려 한다.

이미 여럿의 동물과 사람에게까지 칩을 넣는 작업이 진

행 중에 있다. 이런 기술이라면 딱히 '소마'를 활용할 필요도 없이 버튼 하나로 개인, 어쩌면 한 지역의 사람들에게 '나쁜 감정'을 없앨 수도 있을 것이다.

그것이 과연 우리가 바라는 사회인가? 행복과 쾌락을 추구하는 것이 인간 본능이지만, 슬픔과 죽음에 대한 공포·두려움·분노가 없는 인간을 과연 '인간'이라고 부를 수 있을 것인가? 불행해질 권리는 없는 것일까?

이미 6세기에 시인 바르트리하리는 언어가 사고를 지배한다고 말했다. 더해서 현대의 학자들은 사고가 언어를 만들어 내기까지 한다고 주장한다. 그렇다면 언어를 어떤 방식으로 통제하는 것이야말로 효과적으로 우리의 사고를 통제하는 것이리라.

《1984》에서 당은 시민들의 언어조차 관리한다. 그들은 신어new-speak라는 언어를 새로 만들어 낸다. 당의 방침과 반대되는 개념에 해당하는 단어를 완전히 제거하여 저항의 원초적인 싹을 자르고자 하는 것이다. 결국 사람들은 생각의 자유, 뇌 속의 자유조차 억압을 당하고 속박을 받는다.

소설이 쓰인 이전에도, 이후에도 이런 시도는 언제나 계속되었다. 고대의 분서갱유焚書坑儒가 그러했고, 마오쩌둥의 문화 대혁명이 그러했다. 압제를 위한 제국과 독재는 늘 문화의 말살을 수반하는 것일까. 그것이 제국의 속성이라면 지구촌 시대에도 우리는 또다시 그런 일을 겪지 말란 법이 없다.

언어가 사고를 지배하기에, 《1984》의 오세아니아 정부와 《멋진 신세계》의 세계 정부는 모두 언어의 지배에 심혈을 기울인다. 과연 우리 세대는 이런 흐름에서 자유로운가? 범세계화의 흐름 속에서 소멸하는 특정 지역어가 늘고, 인류의 언어는 보다 단일화되고 있지 않은가.

과거 이누이트어에서 눈snow을 지칭하는 단어는 50가지나 되었다고 한다. 녹기 시작하는 눈, 바람에 휩쓸려 온 눈, 하늘에서 내리는 눈, 땅 위의 눈, 뭉친 눈 등. 이것은 그들이 눈에 대해 다양하게 인식하고 있음을 나타낸다. 그러나 영어로 쓸 때, snow는 '눈, 눈이 오다(내리다)'의 범주에서 크게 벗어나지 않는다.

한국의 간판 이야기를 하지 않을 수 없다. 한글 간판은 소멸하고, 영어 간판이 가득하다. 한국의 춘향전, 홍길동 설화는 촌스러운 것이 되었지만, 셰익스피어를 인용하는 카페들은 수두룩하다. 한글로 된 제목마저도 영어로 써서 간판으로 건다. 그것이 단지 이국적인 정취를 바라는 것이라면 또 모르겠지만, 자꾸만 '쿨하고' '서울적인' 정서로 우리 마음속에 자리 잡고 있는 것은 아닌지.

《1984》에서 노동자 계급은 기계가 쓴 소설과 노래만으로 하루를 소비한다. 전혀 현실적이지도, 체제에 관련되지도, 그들에 관련되지도 않은 뜬구름 잡는 소리들이다.《멋진 신세계》에서는 유전적으로 풍류에 차단을 당한 것처럼 보인다. 고의로 지적 장애를 유발한 채 사회의 부품이 되어 계급의 수준에 맞는 세뇌 교육을 받는다.

왜 케이 팝K-pop 차트에 항상 사랑 노래가 가득한지 생각해 본 적 있는가? 혹자는 사랑이 가장 보편적인 인류의 감정이기 때문에 당연하다고 말할지 모른다. 과거에도 늘 사랑 이야기는 넘쳤으니까.

그러나 근대 이후에도 라디오, 텔레비전, 소셜 미디어, 유튜브로 퍼지는 노래들에 사랑 이야기가 주류가 된 것은 우연이 아니다. 그것은 사랑, 연애야말로 가장 소비 친화적이고 자본 친화적이기 때문이다. 소비의 주류를 이루는 걸 넘어 그 자체가 소비를 강화한다.

《멋진 신세계》에서 느끼는 섬뜩함이 이것에 있다. 저항마저 체제의 일부가 되는 것. 소설의 마지막에 야만인 존은 문명 세계를 떠나 혼자 오래된 탑에 살려고 한다. 채찍질을 하고, 자신의 손으로 삶을 일구며 문명사회의 쾌락과 덧없음에 저항하려 한다. 그러나 그것마저도 문명인들에게는 구경거리다. 자가용 헬리콥터를 타고 온 사람들이 무슨 오락거리마냥 존의 그런 모습을 소비한다.

《멋진 신세계》에서 존은 윌리엄 셰익스피어의 《템페스트》를 인용한다. 문명인들은 더 이상 읽지 않는, 아니 잊힌, 잊혔다기보다 말살된 책. 헉슬리의 책 제목도 그것으로부터 왔다. 멋진 신세계! 역설이다.

"얼마나 많은 훌륭한 피조물이 여기에 있는가! 인간이란 얼마나 아름다운 피조물인가!" (…)

"오오, 멋진 신세계(《템페스트》 5막 1장 중에서)여!" (《멋진 신세계》, 214쪽)

인류의 삶을 관통하는 경고

《멋진 신세계》에서는 유전 공학이 발달해 인공 자궁으로 맞춤형 아이들을 생산한다. 유전자를 조정해 인위적으로 지적 장애가 있는 생산 계급과 똑똑한 지배 계급을 나누고, 심지어 외형조차 계급에 차이를 둔다.

그런데 그렇게 과학이 발달한 세계임에도, 멋진 신세계의 세계 정부에 과학자는 단 한명도 묘사되지 않는다. 시약을 이용해 아이들을 조합하고 만들어 내지만, 그 시약이 무엇인지 사용하는 그도 모른다. 그 본질을 아는 이는 아무도 없다. 그저 모두가 기계의 부속품처럼 사용될 뿐이다.

현대 사회가 이와 같다. 생산하는 이가 그 물건의 본질을 알지 못한다. 약을 파는 이가 약의 성분을 모르고, 자동차를 생산하는 노동자가 자동차의 전기적 원리를 알지 못한다. 누구의 탓을 할 것도 아니다. 현대 사회가 고도화되고 전문화되었기 때문이다.

국제 민주주의 선거지원연구소International IDEA는 2021년 보고서를 통해 코로나19 팬데믹 이후 정부의 권위주의적 태도가 증가했다고 전했다. 늘어난 권위주의는 그만큼 민주주의의 퇴보를 의미한다. 세계 인구의 70%가 비민주적 정권의 통치를 받거나 민주적으로 후퇴한 나라에 살고 있다.

독재자가 자국민의 말과 행동을 통제하고 검열하는 사회는 두렵다. 그러나 이러한 외부의 위협보다도 민주주의 국가가 스스로 붕괴하는 것이 더 두렵다. 포퓰리스트들의 선동에, 소셜 미디어의 가짜 뉴스에, 비과학적인 믿음들에 휘둘리는 사회 속에서 헉슬리의 경고는 더욱 선명해진다.

인위적으로 만들어진 권력에 의한 압제보다도, '소마'라는 약으로 대표되는 쾌락이 더 끔찍한 위험이다. 화려

한 문화와 음악, 영상과 스포츠, 게임 속에서 사람들이 시민 사회와 정치에 관심을 두지 않게 되는 것이 두렵다. 환각제인 '소마' 한 방울이면 모든 고통을 잊고 아무도 부조리를 직면하지 않는, 비판이 상실되는 헉슬리의 소설 속의 세계가 우리 앞에 펼쳐질까 봐 공포스럽다.

우리는 불합리한 제도와 권력자들에 대한 비판을 잃어버리는 것은 아닐까? 진리에 대한 탐구나 지식에 대한 열정을 잃어버리는 것은 아닐까? 무엇보다도 '생각'하는 능력을 잃어버리는 것은 아닐까 염려스럽다.

그런 세상이 왔을 때, 그 세상을 살아가는 이들을 인간으로 부를 수 있을까? 운석이나 바이러스에 의한 인류 멸종보다도 우리가 사랑하는 것들이 우리 종을 절멸시키는 이러한 디스토피아가 나는 너무나 두렵다. 그런 세상이 오는 것을 막을 수 있는 힘은 말초적인 쾌락들에서 잠시 떨어져 함께 사유하는 것에 있다고 믿는다.

《1984》
조지 오웰 지음 | 정회성 옮김 | 민음사, 2003

《멋진 신세계》
올더스 헉슬리 지음 | 안정효 옮김 | (주)태일소담출판사, 2015

(…) 나는 애나에게 이렇게 물었다.

"어떻게 계속 살아가시는 거예요?"

(…) 그때 메리가 불쑥 말했다. "나 때문이지!"

애나가 웃기 시작했다. "그렇지, 물론이지. 메리 때문이야."

(…)

서로 서로 가라앉지 않도록 띄워주는

이 사람들의 작은 그물망이, 이 모든 작은 주고받음이 (…)

밖에서 보는 사람들에게는 그리 대단치 않은 것일지도 모른다.

(…) 그들에게 그것은 모든 것일 수 있고,

그들을 지구라는 이 행성에 붙잡아두는 힘 자체일 수도 있다.

《물고기는 존재하지 않는다》 중에서

다른 세계,
그것은 이 세계 안에 있다

글 옥영경

"무엇이 그대를 일어나게 해?"

궁금하다, 사람들이 어떻게 오늘을 견디고 내일을 여는지.

그래서 나는 곁의 동료에게도, 어느 날 우연히 만난 누군가에게도 불쑥불쑥 묻는다. 무슨 힘으로 살아가는지, 좌절과 절망의 순간에 어떻게 일어나는지, 어떻게 날마다 또 하루를 시작할 수 있는지.

그건 내 고민만은 아니었던 모양이다. 룰루 밀러는 《물고기는 존재하지 않는다》에서 같은 질문을 하며 책을 시작한다. '자기가 하는 일이 효과가 있을 거라는 확신이 전혀 없을 때에도 자신을 던지며 계속 나아가는 힘'은 무엇인가, '아무 약속도 존재하지 않는 세계에서 희망을 품는 비결, 가장 암울한 날에도 계속 앞으로 나아가는 비결, 신앙 없이도 믿음을 갖는 비결'은 무엇이냐 물었다.

책의 앞부분에서 저자의 아버지는 이렇게 답했다.

"너한테는 네가 아무리 특별하게 느껴지더라도 너는 한 마리 개미와 전혀 다를 게 없다는 걸. 좀 더 클 수는 있겠지만 중요하지는 않아."

(…)

"그러니 너 좋은 대로 살아."

(《물고기는 존재하지 않는다》, 55쪽, 57쪽)

이처럼 '우리의 무의미함을 직시하고, 그런 무의미함 때문에 오히려 행복을 향해 뒤뚱뒤뚱 나아가'는 방법도 있겠지. 하지만 룰루 밀러가 그랬듯 그런 일은 생각만큼 쉽지 않거니와 효과가 없는 사람도 있다. 바로 나 같은 사람. 자꾸 다시 처음의 고민, 허망한 삶의 세계를 무엇으로 밀고 가야 하느냐는 질문이 고개를 빳빳하게 드는 걸 수 없이 대면하는 사람.

삶을 밀고 가는 힘은 무엇인가

룰루 밀러는 《물고기는 존재하지 않는다》에서 자신의 질문에 대한 답을 찾아 데이비드 스타 조던의 행적을 좇는다.

'목적이 한 사람의 인생을 바꿔 놓았다.', 그 목적을 보며 나아간 사람 데이비드. 스탠퍼드 대학교 초대 총장이었으며 평화주의자이자 어류학자로 알려진 그의 이름은 스탠퍼드 대학교와 인디애나 대학교의 건물에도 붙어 '있었다'.

1906년 4월 18일 오전 5시 12분, 샌프란시스코 대지진에서도 자신의 연구실로 달려가 산산조각이 난 유리병에서 흩어진 물고기 표본들에 낮이고 밤이고 호스로 물을 뿌리며 살리고 이름표를 달았던 데이비드. 자신이 30년 동안 이뤄 낸 모든 진척이 자신의 발치에서 뭉개지고 내장이 튀어나온 채 널브러져도 그는 '나아갔다'. 룰루는 '내가 되고 싶은 사람이 될 수 있을 것 같은 기분'으로 데이비드의 삶을 밀고 간 그 힘을 찾아내고자 한다.

> 그래서였다. 나는 절박했다. 단순하게 말하자. 데이비드 스타 조던의 책에서, 망해버린 사명을 계속 밀고 나아가는 일을 정당화하는 그 정확한 문장을 찾아내는 것이 내게는 절박했다. (120쪽)

나 역시 절박했다. 갈기갈기 찢긴 실존의 위기에서도 계속 삶을 밀고 가는 것이 무엇이더냐? 나 또한 룰루 밀러처럼 그 정확한 문장을 찾아내는 게 절실했다. 그렇게 찾은 낱말 그릿Grit(끈질긴 투지), 룰루가 보기에 데이비드를 앞으로 나아가게 한 것은 그것인 것 같았다.

그런데 데이비드가 남긴 50권이 넘는 책, 수백 가지에 이르는 텍스트를 뒤져 보았지만 그는 갈수록 룰루의 아버지와 비슷한 소리를 했다. 인간이 살아가는 방법은 매번 숨 쉴 때마다 자신의 무의미성을 받아들이는 것이며, 거기서 자기만의 의미를 만들어 내는 것이라고. 데이비드가 지진이 일어난 연구실 바닥에서 부서진 자기 인생의 조각들을 다시 이어 붙이려는 노력을 끌어내고 있을 때 그가 자신에게 속삭인 건 작은 '거짓말'이었다. 자기기만과 자기 손으로 혼돈을 통제할 수 있다는 오만. 데이비드는 지속적으로 오만을 복용하는 것이야말로 실패할 운명을 극복하는 최선의 방법임을 보여 주고 있었다.

　데이비드가 정신적·육체적 장애를 지닌 사람들을 보호하기 위한 안식처 같은 도시 이탈리아 알프스의 아오스타 마을을 다녀와 쓴 책이 그 절정이었다. 누군가의 눈에는 사회에서 가장 취약한 사람들이 존엄을 누리며 살 수 있게 도와주는 도시일 수 있었지만, 그는 그곳을 거위보다 지능이 낮고 돼지보다 품위가 떨어지는 피조물들이 들끓는 진정한 공포의 공간으로 묘사한다. 그리하여 전 세계에서 인류의 쇠퇴를 예방할 유일한 방법은 이 백치들을 몰살하는 것이라고 권고하기에 이른다. 이름하여 우생학.

데이비드는 지극한 열성과 화학적 권위를 가지고 미국 땅에 우생학을 널리 보급한다.

　우리의 질문에 답을 줄 줄 알았던 그는, 《종의 기원》의 결정적 사실을 흘려버렸다. 한 종을 강하게 만들고, 그 종이 미래까지 지속하게 해 주며, 홍수며 가뭄이며 기온 급변, 경쟁자, 약탈자, 해충의 침략 같은 혼돈에도 그 종이 버틸 수 있게 해 주는 것은 변이였다. 행동과 신체의 특징에 변화를 일으키는, 유전자에 생긴 변이, 바로 다양성 말이다. 설혹 우리의 관점에서 불쾌하게까지 보일 수 있는 어떤 특징들이 종 전체나 생태계에는 외려 이로울 수도 있고, 또한 지금 해롭다 해도 시간이 지나고 상황이 바뀌면 역시 얼마든지 이로운 것이 될 수도 있다. 다윈의 말이 아니더라도 지구의 수많은 생명들을 순위로 정할 수 없다. 어느 무리가 승리하게 될지 인간이 어떻게 예측한단 말인가. 사다리는 없다. 크거나 작거나, 날거나 기거나 혹이 있거나 미끈하거나 세상에 존재하는 생물의 그 어마어마한 범위 자체가 이 세상에서 생존하고 번성하는 데에는 무한히 많은 방식이 존재한다는 증거다.

그런데도 우생학이라니! 바로 그 관점 때문에 장애로 판정받은 이들을 수용소에 격리하고 거세한 역사가 있었다. 이런 사람들은 생명을 이어갈 가치가 없다고, 사회에 위험이 된다고 우생학자들은 믿었고, 데이비드는 그들을 선도했던 것이다.

룰루 밀러는 데이비드의 자서전을 덮어 버렸다. 혼돈에 대한 답은 없었다. 희망도 없었다.

자, 이렇게 희망을 놓아버린 다음에는 무슨 일을 해야 하지? 어디로 가야 할까? (208쪽)

그는, 강제불임화를 당했던 수용소를 나와 서로 의지하며 같이 살고 있는 애나와 메리의 집을 찾아간다. 꿈을 포함해 개인의 거의 모든 것을 잃었던 애나는 데이비드 같은 사람들에게 화가 난다고 말했다. 하지만 그는 '분노에 초점을 맞추지 않으려고, 흉터를 쳐다보지 않으려고 노력하며' 살고 있었다. 우생학자들이 그가 누릴 자격이 없다고 생각한 모든 것들을 인생에서 펼쳐 나가면서.

룰루가 애나와 메리에게 묻는다, 그런 고초를 겪고도 어떻게 계속 살아가느냐고. 그가 평생에 걸쳐 만나는 모든 사람에게 던진 질문이었고, 데이비스 스타 조던의 인생을 조사하며 여러 해를 보낸 그 까닭 말이다. 그리고 내가 온 생에 걸쳐 알고 싶은 물음이기도 했던.

메리는 애나로 인해 수용소를 견뎠다. 애나는, 우생학자들에게는 인류의 쇠퇴를 위해 몰살할 백치였지만 메리에게는 어둠에서 자신을 건져 준 근원이었다. 민들레의 법칙이었다. 민들레는 어떤 상황에서는 추려 내야 할 잡초지만, 다른 상황에서는 경작해야 하는 가치 있는 약초 아니던가.

"다른 세계는 있지만, 그것은 이 세계 안에 있다."(W. B. 예이츠), 다른 세계를 보려면 다른 눈이 필요하다. 그것은 '범주'를 부술 때 만날 수 있다. 룰루가 그렇게 틀을 깨고 '물고기를 포기했을 때' 그는, 마침내, 줄곧 찾았던 것을 얻었다. 그것은 또한 내가 찾던 것이었다. 좋은 것들이 우리를 기다리고 있었다. 파괴도 상실도 좋은 것들도 모두 혼돈의 일부였다. 그것은 그간 내가 안다고 생각한 것과 그간 내가 본 것의 부류나 범주가 다가 아니라는 걸 깨달았을 때, 과학 자체에도 오류가 있음을 인정할 때, 그래서 우리가 세상을 더 오래 검토해야 알게 되는 세계였다.

룰루는 끝내 우리가 인생을 걸고 해야 할 일을 찾아냈다. 자연에 질서 정연한 계급 구조가 존재한다는 추정에 따라 만들어진 질서를 무너뜨려, 그 밑에 갇혀 있는 생물들을 해방시키는 것. 우리가 쓰는 척도들을 불신하는 것. 그러므로 물고기는 존재하지 않는다!

이 책이 출간되고 여섯 달 뒤, 스탠퍼드와 인디애나 대학교는 건물의 이름을 바꾸기로 결정했다.

그런데 정말 물고기는 존재하지 않는 거냐고? 그렇다면 강과 바다를 헤엄치고 있는 저것들은 무엇이냐고? 자연 세계에 우리가 설정한 어류라는 틀이 존재하지 않는다고 답하기에는 허술하다. 대답은 책을 읽는 자의 몫! 나는 이 맵시 좋은 장엄한 이야기를 도무지 전할 재간이 없다.

자유가 싹트고 번성하려면

《물고기는 존재하지 않는다》가 전하는 '상실, 사랑 그리고 숨어 있는 삶의 질서에 관한 이야기'를 통해 위로받고 우울을 딛고 섰을 무렵, 나는 사회적 우울을 걷어 주는 책 한 권을 만났다.

대런 애쓰모글루와 제임스 A. 로빈슨이 쓴 《좁은 회랑》. 두 사람은 이 책에 앞서 《국가는 왜 실패하는가》를 함께 썼다. 포용적인 정치와 경제 제도를 가진 국가는 번영하지만, 착취적인 제도는 국가를 빈곤과 정체의 늪으로 빠뜨린다는 주장을 담은 책이었다.

그리고 전작의 연구를 넓혀 내놓은 《좁은 회랑》이 다루는 주제는 자유liberty다. 개개인이 폭력, 위협, 다른 존엄성을 해치는 행위로부터 안전한 상태, 비합리적인 처벌이나 가혹한 압제를 당하지 않고 자유로운 선택을 하는 그 자유. 자유는 모든 인간의 기본적인 열망이나 그것은 역사적으로 늘 희귀했다.

자유는 국가와 사회의 동학動學이다. 더 큰 자유를 위해 법을 통해 때로 자유의 제한이 필요했다. 'Where there is no law there is no freedom', 존 로크의 말처럼 법이 없는 곳에 자유도 없다.

때로 우리는 일시적으로 자유를 뺏기더라도 그것을 통해 결과적으로 더 큰 자유를 누리기도 하고, 작은 자유를 희생해서 큰 자유를 얻기도 한다. 역설적이게도 바로 그 제약이 우리의 자유를 가능케 하니 자연 상태의 혼돈을 벗어나기 위해 국가가 강력해져야 한다고 한 토마스 홉스의 주장은 설득력을 얻는다. 강력한 국가가 필요하다는 중앙집권화한 권력. 즉, 국가라는 리바이어던Leviathan(괴물)은 만인의 만인을 향한 투쟁, 자연 상태의 혼돈을 벗어나기 위해 필요하다는 것이다.

그러나 두 얼굴을 하고 있는 국가라. 국민을 보호하고, 갈등을 해결하고, 공공 서비스와 재화와 경제적 기회를 제공하고 번영의 기반을 주지만, 한편 국가는 강력한 힘의 지배로 국민을 가두고 생명을 위협하고 소수 엘리트의 배를 불리기도 한다.

자유를 누리려면? 책은 말한다, 답은 간단하다고. 역시 국가와 법이 필요하다. 자유는 국가나 국가를 통제하는 엘리트층이 주는 게 아니라, 보통 사람들과 사회가 '얻어내는' 것이다. 사회는 자유를 억압하기보다는 보통 사람들의 자유를 보호하고 촉진할 수 있도록 국가를 통제할 필요가 있다. 자유를 얻으려면 결집된 사회가 정치에 참여하고, 필요하면 항의하고, 가능하면 투표로 정권을 내려놓게 할 수 있어야 한다.

책은 자유가 싹트고 번성하려면 국가와 사회가 둘 다 강해야 한다고 주장한다. 폭력을 억제하고, 법을 집행하며, 사람들이 스스로 선택한 것을 추구할 역량을 갖고 살아가는 데 꼭 필요한 공공 서비스를 제공하려면 강력한 국가가 필요하다. 또한 강력한 국가를 통제하고 제약하려면 그만큼 강력하고 결집된 사회가 필요하다.

독재 국가가 불러오는 공포와 억압(독재적 리바이어던), 그리고 국가의 부재로 나타나는 폭력(부재의 리바이어던)과 무법 상태 사이에 자유로 가는 좁은 회랑narrow corridor to liberty이 끼어 있다(족쇄 찬 리바이어던). 이것이 문이 아니라 회랑인 까닭은 자유를 성취하는 일이 하나의 과정이기 때문이고, 쉽게 들어갈 수 없고 언제든 밀려날 수 있기에 좁은 회랑이다. 국가와 사회가 힘의 균형이 이루어지지 않으면 언제든 이탈할 수 있는. 바로 이 회랑에서 국가와 사회는 경쟁하고 또한 협력하며 균형을 맞춘다. 협력은 사회가 바라는 것들을 국가가 더 잘 제공할 수 있도록 국가의 역량을 키워 주고, 이 역량을 감시할 사회적 결집을 촉진한다.

한순간의 혁명이 아니라, 날마다 조금씩 두 힘이 경쟁하면서 균형을 찾아가야 한다. 국가가 더욱 잘 기능해서 사회 구성원들이 자유롭게 결사하고 국가가 폭주할 능력을 제어하고 따라서 사회의 힘도 커지고 국가의 힘도 커지는 선순환. 그 선순환이 자유와 번영을 만든다는 것.

그러니 신뢰하되 검증하라 한다. 국가가 힘을 키우고 권한을 확대하고, 그럴 때 사회는 이런 것에 대비하고 감시하라고. 국가가 강력해지더라도 사회도 그것에 대해 같이 뛰어서 발을 맞춰야 번영할 수 있다. 비로소 거기 우리들의 자유가 있는 것이다.

《좁은 회랑》은 먼 고대에서부터 중세·근대·오늘에 이르기까지 동서고금을 가로지르며 자유가 어떻게 나고 스러지는가, 그 속에 사람들이 어떤 부침을 겪었나를 너무나 생생하게 그려 낸다. 그것은 책의 들머리에 배치된 스물여섯 장의 사진이 지닌 의미를 찾아가는 여정이기도 하다. 역사가 살아 움직인다!

족쇄 찬 리바이어던에서도 합당한 죽음이란 드물 터인데 독재의 리바이어던, 부재의 리바이어던에서 맥없이 아니면 처참히 죽어 가는 목숨은 얼마나 많을 것인가. 작은 일에도 쉬 매어 달리는 나는 인류애가 마구 자라나 슬퍼하고 분노한다. 예컨대 청나라가 문을 열던 무렵인 1645년 5월 양쯔강 삼각주의 엘리트층이 새 국가에 반란을 일으키자 청이 약 20만 명의 남녀와 아이들을 학살한 목격담. 역사에는 까닭도 없이 죽어 나가는, 자유를 잃은 개죽음이 차고 넘쳤다. 그만 사는 일이 다 무어냐 허망해진다. 그래서 그러므로 자유를 저버릴 수 없고, 그래서 그렇기에 국가와 법이 필요해진다. 절로 주먹 불끈 쥐게 된다. 자유를 얻어 내는 일은 결집하여 국가와 엘리트에 맞서는 사회의 능력에 항상 달려 있는 것이다.

국가와 사회가 힘의 균형을 이루는 길

《좁은 회랑》은, 절반을 넘기며 속도가 붙는다. 저자의 말법에 익숙해지고, 앞의 내용이 축적되고 나면 그야말로 단숨에 읽힌다. 책은 두껍지만 두껍지 않다.

고대 민주정과 공화정을 보여 주었던 아테네가 지나고, 회랑 안으로 들어갔던 중세 이탈리아 도시 국가들을 지나, 오늘의 중국과 이슬람 세계의 독재가 얼마나 뿌리가 깊은지를 보고, 부재의 리바이어던으로 넘치는 아프리카와 라틴아메리카의 국가들과 비틀거리는 현재 미국 민주주의에 이를 때 나는 작금의 한국이라는 국가와 사회에 이른다.

2022년의 대한민국. 아직은 민주적 역량이 큰 나라에 살고 있으나 조직화와 결집을 통한 사회의 힘이 그리 세어 보이지 않는다. 회랑 안에 있기는 하지만 멀지 않은 곳에 비탈이 도사리고 있는 듯한. 그리고 권력을 가진 이들과 그렇지 못한 이들 간에 균형을 만들어 내는 것 또한 결코 쉽지 않아 보인다. 양극화는 차치물론하고 사회가 거대하게 양분화를 드러내고 있다. 정치로, 지역으로, 계층으로, 세대로, 이제는 성별로까지. 그 상황은 고스란히 내 삶의 절망으로 바로 치환되고 나는 희망을 끊은 동굴에 갇힌다. 정녕 우리 사회는 어디로 흐르게 되는 걸까? 뭔가 절정기를 지나 이제 내리막길에 선 느낌이 엄습한다. 우리는 회복될 수 있을까, 혹은 유지될 수 있을까?

그때 저자들은 회랑 안에서 출발했던 독일을 예로 든다. 독일은 나치의 잔혹기를 지난 지 20년도 되지 않아 어떻게 국가와 사회의 균형을 되찾을 수 있었을까? 독재가 유혈 사태를 일으키고 사회를 예속했던 시절을 지나 다시 회랑 안으로 안착했던 그들의 역사가 우리도 가능할까?

독일은 회랑 밖으로 밀려 나갔을 때도 적극적이고 결집된 사회를 만들었던 여러 요인이 그대로 남아 있었다. 사회적 결집의 규범들과 엘리트와 국가 기관들이 책임감을 가지도록 할 수 있다는 신념, 사회의 요구에 감응하고 사회의 제약을 받는 관료 기구들을 구축할 청사진이 있었다. 그리고 또 하나! 일반 민중이 조직화하며 역량을 키우고, 법이 모두에게 적용되며, 사회가 리바이어던에 족쇄를 채울 수 있었던 '시대의 기억'이 있었다. 시대의 기억, 그것을 소환하며 그들은 다시 회랑 안으로 들어갔다.

아, 그렇다. 우리도 있다, 시대의 기억! 우리는 저 도저한 강물 같은, 그 시대에 천지개벽할 '사람이 하늘'이라는 만민평등을 들고 나왔던 1894년 동학 농민 혁명의 역사가 있었고, 정의롭지 못한 국가 권력에 저항했던 1980년 광주의 민중 항쟁이 있으며, 독재 정권이 6·29 민주화 선언을 내놓을 수밖에 없었던 1987년 6월 민주화 투쟁이 있었다.

저자들은 독일의 루터교회 목사인 마르틴 니묄러의 시詩를 옮겨 적고 있다. 시는 나치의 국가가 왜 그토록 쉽게 독일 사회를 빠르게 지배하게 됐는지를 짐작케 한다. 이 시는 여러 홀로코스트 추모관에 새겨져 있고 추도 행사에서 자주 낭송된다. 내게도 정돈과, 내일도 있다고 말해 주는 시.

처음에 그들이 사회주의자들에게 왔을 때, 나는 침묵했다.

나는 사회주의자가 아니었기에.

다음에 그들이 노동조합원들에게 왔을 때, 나는 침묵했다.

나는 노동조합원이 아니었기에.

다음에 그들이 유대인들에게 왔을 때, 나는 침묵했다.

나는 유대인이 아니었기에.

다음에 그들이 내게 왔을 때,

나를 위해 말해줄 이는 아무도 남아 있지 않았다.

(《좁은 회랑》, 792~793쪽)

책은 그예 마지막 메시지를 전한다. 인류의 진보는 모든 지배에 대항하는 국가의 역량을 얼마나 확대하느냐에 달려 있지만, 사회가 그것을 요구하고 모두의 권리를 지키기 위해 결집하지 않으면 진보는 일어나지 않을 것이라고. 쉽게 또는 저절로 이루어지는 일은 아무것도 없지만 그런 일은 일어날 수 있고 실제로 일어난다고.

나는 안도했다. 괜찮을 거라는 믿음. 시대의 기억을 우리가 잊지 않으면, 잊히지 않으면 우리가 나아갈 수 있을 거라는.

그리하여 전혀 서로 닿아 있을 것 같지 않은 두 책,《좁은 회랑》과 《물고기는 존재하지 않는다》가 내게 혼란의 날들에 대한 대답으로 함께 자리하게 된다. 위로와 위안으로, 그리고 전진으로!

두 책은 글쓰기를 위한 훌륭한 본보기이기도 했다. 질기게 추적한 글이었다. 방대한 자료를 차곡차곡 모으고 정리하고 쓰고 오래 다듬은 성실한 글. 뛰어난 통찰력과 짜임새를 가진 소설 같은 글. 상상력을 발휘하고 이야기를 끌어가는 힘이 좋았다.

《좁은 회랑》만 해도 아득하고 오랜 역사를 이어 나가며 책의 재미를 유지할 수 있게 하는 역량이라니. 흔히 통계학이라면 데이터만 돌린다 싶더니, 그 통계를 가지고 인문학적인 책을 내놓았다.

생각은 어떤 방향으로 함몰되기 쉽다. 우리 사회의 양분화된 갈등은 한쪽으로 쏠린 넘치는 정보로 더 깊게 패였다. 가치 공존의 정보가 아니라, 한 방향으로 더 견고하게 만들고 고착화하는. 그런 고착화로부터 우리의 생각을 느슨하게 넓게 유연하게 나아가 슬기롭게 하는 데 이런 책은 기여도가 크리라. 우리가 미친 듯이 상대 진영을 향해 '짖을 때' 서로에게 손가락질과 고함과 욕지기가 아니라, '말할' 수 있도록, 서로 말이 가고 말이 닿을 수 있는 지성을 키워 주리라.

《물고기는 존재하지 않는다》는 우리가 익히 알고 있던 혹은 안다고 고집하는 범주를 깨고 우리의 세계를 넓혀 준다. 우리를 커다란 세계로 인도하는 과정도 경이로웠지만, 이 책은 과학책 혹은 전기인 양 껍질을 쓰고 다가와서 뒤집어엎고 우리를 훅 끌어당긴 소설이 되었다. 그 극적인 구성이라니! 스릴러물도 아닌데 긴장이 일고, 종종거리며 다음 쪽을 넘기게 했다. 문장도 그랬지만, 훌륭하게 잘 정돈된 촘촘한 이야기 그물망은 우러러 감탄을 금치 못하게 했나니.

나는 살아간다

물꼬 마당의 풀을 매고 밥을 짓고 청소를 하고 아이들과 뒹군다. 하루는 살아 숨 쉬는 일이 너무 벅차고 하루는 죽고 싶다. 볕이 뜨고 비가 내리고 눈이 날린다. 봄이 왔고 여름이 왔다. 이리 살다 금방 늙어 죽을 것이다. 너도 죽고 나도 죽는다. 나를 둘러싼 세계를 본다. 언젠가 그걸 더는 볼 수 없는 시간 앞에 살아 있음은 명백하게 무너질 것이다. 산다는 게 무에 중뿔날 일이 있을 것이냐. 생이 이리 허망해도 상추쌈은 맛있고 찔레꽃은 아름답고 내 친구 점주의 웃음은 내 마음을 북돋우며 아들은 사랑스럽다. 사랑한다, 사랑한다. 너를 사랑하고 나를 사랑하고 사랑으로 사랑한다.

나의 세계에는 노모가 있고, 남편과 아들이 있다. 어느 휴일 아침, 창으로 환하게 스미는 볕 아래 소파에 앉아 나는 남편과 책을 들고 있었다. 늦게 일어난 아들이 비틀비틀 욕실로 향하며 엄마 아빠에게 말한다, "보기 좋네!" 명창정궤明窓淨几라.

또한 나의 세상에는 아이들이 있다. 마당에서 그들이

뛰어놀고, 나는 그들이 안전한가를 지켜보고, 그들이 먹을 밥을 짓는다.

나는 이 아름다운 세계를 위해 침묵하지 않을 것이다. 맞아 죽고 굶어 죽고 방치돼 죽는 아이들, 승강기를 점검하다 오토바이 배달을 하다 전봇대 위에서 작업하다 죽는 청년들, 수학여행을 가다 수백 명이 바다에 가라앉아도 '절대' 구조되지 않아 죽은 학생들, 그리고 식습관을 바꾸지 않으면 지구를 구할 수 없다(고기 중심의 식습관을 변화시키는 것만으로는 지구를 구하기에 충분치 않지만)는 말을 외면하지 않을 것이다.

《물고기는 존재하지 않는다》
룰루 밀러 지음 | 정지인 옮김 | 곰출판, 2021

《좁은 회랑》
대런 애쓰모글루, 제임스 A. 로빈슨 지음 | 장경덕 옮김 | 시공사, 2020

4 품격을 지켜 내는 사회

당신이 불편하면
좋겠습니다

글 류옥하다

한국인의 유전자 어딘가에는 '공정해야 한다'는 생각이 박혀 있더라는 농이 있다. 어디에서나 '시험 만능주의', '능력주의'를 부르짖는 것을 보면 틀린 말도 아닌 것 같다. 교육 제도에서 학생들의 다면적인 인성과 적성, 활동을 평가하려는 수시 제도는 전 국민적인 저항에 부딪혔다. 비단 교육 제도뿐만 아니라 스포츠에서도 마찬가지였다. 정치적 고려로 북한 선수들과 한반도 단일팀을 꾸리는 것에 불공정하다는 여론이 있었다. 사회적으로도 비정규직 노동자들을 왜 공채 없이 정규직으로 전환하느냐며 대학생들이 시위를 벌였다. 이 사례들에서 핵심은 왜 '공정한' 시험을 보지 않고 과실을 나누느냐는 것이었다.

이러한 시험 만능주의가 식민 지배 역사와 한국 전쟁이라는 공통의 경험을 통해 형성되었을 가능성도 있다. 모든 것이 잿더미가 되고 모두가 평등해진 채 '맨 땅에 헤딩'한 경험이 잊히지 않는 것이다.

그 기원을 한국에서 오랜 시간 존재한 과거 제도에서 찾을 수도 있다. 익히 역사 시간에 배웠듯, 고려와 조선 사회는 서구처럼 세습하는 귀족이 아닌 '사대부'라 불리는 '시험을 통과한' 양민들이 지배했다. 양민 이상이라면 누구나 과거 시험을 통해 권력에 다가가거나, 과거에 급제하여 고향에 금의환향할 수 있었다. 세도 가문이라도 양반은 함부로 물려줄 수 없고 삼대에 한 번은 과거를 치러 실력을 증명해 내야 했다.

이런 우리 사회를 '능력주의' 사회라 부를 수도 있을 것이다. 공정한 시험을 통해 개개인의 능력을 평가하고, 사회의 파이(입시, 직업 등)를 나누어야 한다는 의미에서. 그러나 이 지점에서, 진정 시험은 공정한가? 단 한 번의 기계적인 평가로 사람의 능력을 다면적으로 평가하는 것이 가능한가? 사회·문화·경제적인 차이와 구조적인 차별들을 시험 점수는 담아내고 있는가?

자유주의의 성지인 미국은 시험에서의 공정에 대해 어떻게 생각할까? 미국에서 대법원의 판례로 채용 시 합격자 비율에서 지원자와 합격자간 인종별·성별 격차가 크다면 차별이라고 제재를 가한다. 심지어 미 대법원은 그 차별을 수치로 정해 놓기까지 했다. 왜 미국은 이런 수치를 사용했을까? 사용자나 기업이 차별의 의도가 없음에도 이런 차이가 발생하는 경우는 어떡하나?

그런 것을 우리는 '구조적 차별'이라 부르기로 했다. 차별의 의도도 없고, 제도도 없다 할지라도 차별은 존재할 수 있다. 기업 문화, 조직 문화, 사회 전반의 문화에서 차별을 하고자 하는 뜻이 없더라도 정형화된 형태의 반복적인 차별이 나타날 수 있다는 것이다.

한국의 공정 관념과 엘리트 세습

대니얼 마코비츠의 《엘리트 세습》과 마이클 샌델의 《공정하다는 착각》은 이러한 능력주의를 비판하는 책이다. 과거 서구 엘리트들은 태어날 때부터 지위가 결정되고, 그 지위를 자식에게 물려준다. 하지만 현대의 미국 엘리트들은 능력, 노력, 성과를 끊임없이 보여 주고 주위와 경쟁해야 한다. 그 능력주의의 늪에서 능력에 따른 보상은 커지고, 중산층과 엘리트 계층의 교육에 대한 투자는 압도적으로 벌어졌다.

그렇다면 그렇게 만들어진 현대 엘리트들이 과거에 비해 행복할까? 그렇지도 않다. 과거의 상류층은 문화를 향유하는 귀족에 가까웠다면, 현대 엘리트들은 끊임없이 자신의 가치를 증명해야 하고, 일을 통해 자신의 지위를 유지해야 한다. 이전 세기에 비해 헤지 펀드 매니저, 법률가, 의료인 등 엘리트의 효율은 분명 올라갔지만, 이들의 노동 시간과 강도 또한 살인적이다. 더군다나 이러한 효율의 상승으로 인해 이전 세대에서 중간 관리자였던 중산층의 일자리는 사라지고 있다. 교육이라는 사다리가 무너지고,

일자리라는 사다리도 무너지며 이 중산층들이 설 자리가 더는 없어지고 있다는 것이 이 책의 핵심이다.

이는 결국 '현대 귀족제'를 낳았다. 과거 엘리트가 부모에게 지위를 상속받은 것과 달리 신흥 엘리트들은 자신의 '능력'으로 지위를 이루었다는 자부심을 가진다. 이는 중산층은 '노력'하지 않은 이들이라는 오만으로 발전한다. 과거 엘리트들이 중산층과 사회·문화·경제적으로 통합되어 있었다면 현대 서구 엘리트들은 완전히 다른 세계관과 문화를 가진 이질적인 집단이 되었다. 이제 엘리트와 중산층간의 연대 의식이나 상호간의 존중은 무너지고 있다.

과도한 공정에 대한 집착의 가장 큰 폐해는 승자가 가지는 바로 이 '오만'이다. 공정은 그 자체로 승자에게 권위를 부여한다. 정당하고 공정한 시험을 치러 내가 승리했다면 패자는 그 어떤 불평등도 감수해도 된다고 생각한다. 그리고 이러한 경쟁에서 패자는 굴욕감을 갖는다. 공정하다고 여겨지는 경쟁에서 자신이 '패한' 것이기 때문이다.

서구 사회와 한국 사회를 단순 비교할 수는 없다. 그러

135

나 현대의 서구 엘리트와 한국의 현대 엘리트들의 모습에서 그 유사성이 보인다. 자신의 사회적 지위를 자식에게 물려주기 위해 대치동에서 사교육비로 수억을 쓰는 부모와 수험생들이 보내는 수년의 시간이 그것이다.

이런 엘리트의 양상은 한국 사회의 공정에 대한 갈망과 어우러져 시너지를 낳는다. 헬리콥터 엄마의 지지를 받으며 영어 유치원으로 시작해 강남의 입시 학원에서 사교육으로 다져 온 아이와, 산골 마을에서 EBS 인터넷 강의로 혼자서 공부한 아이가 받은 지원은 큰 차이가 있다. 그럼에도 우리는 대학 수학 능력 시험을 통해 줄을 세워 뽑는 것을 '공정'하다고 생각한다.

이러한 과정을 겪고 난 이들은 사회 구조적인 차별을 당연하게 받아들이기도 한다. 중소기업을 다니는 이들이나 비정규직인 이들이 처우 개선을 요구할 때, '왜 더 공부하지 않았느냐? 공정한 시험에서 낙오되었기 때문에 지금의 처우를 받는 건 마땅하다'라고 말하는 식이다. 이들의 임금이 최저 임금이고, 삶이 도저히 한 가정을 꾸릴 수 없는 현실에 대한 고려는 하지 않은 채 말이다.

그렇다면 어떻게 이런 사회를 조금 더 공정하게 만들 수 있을까? 사회의 관문인 대학 선발을 더 공정하게 하는 방법은 없을까? 차라리 어느 정도의 실력만 갖춰지면 '운'에 맡기는 것은 어떨까? 공정에 대한 인식이 DNA에 박혀 있는 한국 사회에서는 감히 던지기 힘든 주제다.

그러나 우리는 진지하게 고민해 봐야 한다. 인간에게 계급이 생길 수밖에 없다면, 불평등이 존재할 수밖에 없다면 그것을 최소화 할 수 있는 방향이 존재하지 않을까? 도대체 시험이라는 제도에 이렇게 많은 자원이 투입되어야만 할까?

진정한 공정함

세상을 바꾸는 일은 누군가에게 불편한 일이다. 인지할 수 없는 구조적인 차별이 존재하고, 그 혜택을 당연하게 누려온 이들이라면 그것을 바꾸는 일에 반감이 드는 것 또한 당연하다.

그렇기에 진정으로 무엇이 공정한가를 다루는 책들이

의미를 갖는다. 샌델과 마코비츠는 우리에게 공정이 무엇인지 새김질하게 한다. 단지 수능 시험의 백분위나 토익 점수가 아니라, 넓은 의미에서의 사회적인 공정에 대해 말이다.

어떠한 것이 공정인가 하는 것은 우리 사회 구성원들의 인식에 달려 있다. 누군가는 여전히 시험으로 모두를 한 줄로 세우는 것이 공정하다고 말한다. 어떤 사람은 개인의 사회적 배경을 충분히 고려해야 한다고 말한다. 어떻게 해도 모두가 만족하는 '공정함'이 가능할지는 모르겠다. 그렇더라도 우리가 나의 노력 너머에 있는 것들을 생각해 보았으면 하는 바람이다.

이것은 단지 당위성의 문제가 아니다. 지금처럼 승자가 경쟁의 과실뿐만 아니라 도덕적 당위성 또한 확보하게 된다면 그 뒤에 남겨진 것은 패자들의 굴욕감일 뿐이다. 그리고 그 패자는 소수를 제외한 사회 구성원의 다수에 해당한다. 몇몇에게 오만함과 잘남을 주기 위해 다수가 불행해야 하는 사회는 건강하지 않다고 생각한다. 이러한 모습의 사회는 지속 가능하지 않을 것이다. 이런 이유로 나는 사회가 진정 공정하기를 바란다.

《엘리트 세습》
대니얼 마코비츠 지음 | 서정아 옮김 | 세종, 2020

《공정하다는 착각》
마이클 샌델 지음 | 함규진 옮김 | 와이즈베리, 2020

공동체의 수준은
한 사회에서 모든 혜택의 사각지대에 놓인
취약한 사람들을 어떻게 대하느냐에 따라
결정되는 것이라고요.

《아픔이 길이 되려면》 중에서

납작하지 않은 세상에서
링 위에 오르는 법

글 옥영경

"제가 올해 아흔입니다."

시인 이생진 선생님은 지난 십 년을 해마다 물꼬에 와서 시를 낭송하셨다. 그러는 사이 당신은 아흔넷이 되셨네. 어느 해 청자들에게 물으셨다, 당신들은 몇 살이냐고. 많은 나이를 내세우자고 하신 질문이 아니었다. 그대가 산 시대는 언제였나, 거기 무슨 일이 있었고 당신은 어떤 생각을 하고 어떻게 살았나를 묻고 있었다.

그렇다. 세상은 납작하지 않았고, 사람도 그러했다. 시대로부터 사회로부터 자유로운 개인은 없고, 개별적으로 우리는 다른 개인사를 가진 특수이면서 동시대를 가진 보편이기도 하다. '그 시대'를 산 '그'를 이해하기 위해서는 시대가 함께 불려 나와야 한다. 어떤 형태로든 '그'는 그 시대의 산물이니까.

시대의 격랑 속에서 그리 파란만장할 것 없는 내 삶이었는데, 그건 중심을 잘 잡았다기보다 늘 별 볼일 없는 위치 때문이기도 했다. 예컨대 나는 같이 '가투'(가두시위 투쟁을 줄여 그리 불렀고, 거친 질감을 빼고 말하자면 가두시위였던)를 나갔다가, 혹은 농성장에서도, 밥벌이를 하러 대열을 벗어나 자리를 떠나고는 했다. 나 말고는 아무도 내 입을 건사해 줄 이가 없었으므로. 치열하게 싸우고 있는 전선에서는 이탈자였고, 자신에겐 곤박한 문제였을 터. 1980년대였다. 투철한 운동권이 아니어도 거개 학교를 가는 날보다 거리에서 더 많은 시간을 보냈고, 밥보다 최루탄 가스를, 그리고 막걸리를 더 많이 마셨다.

그 시대의 우리는 혁명을 꿈꿨다. 혁명, 매혹적이었다. 가난하고 빼앗기고 굶주리고 불의에 고통받는 사람들이 연대하여 낡고 썩어 빠진 질서를 뒤집어 세상을 바꾼다

니! 그리하여 억압이 없는, 사람 사는 세상이 돌아온다
니! 고백하자면, 내게는 삶이었기보다 유행이었다(내 말이
그 시대를 뜨겁게 관통한 이들을 욕되게 하지 않기를). 시절이
그랬다. 잘 알지도 못하면서 혁명하고 싶었다. 밥도 혁명
적으로 먹었고, 노동도 혁명적으로 했고, 책도 혁명적으
로 읽었다. 세월이 지나 고백하자면, 나는 혁명가를 부르
는 동안에만 혁명했을지도 모르겠다. 그러나 그때 수배가
내려져 쫓기는 이들에게 내가 그나마 할 수 있었던 나름
의 '혁명'은 밥을 나누고 방을 나누고 곡주를 나누는 일
이었다. 그런 사람 노릇조차 국가 보안법에 걸리던 시절이
었지만.

　세월이 지나 그 시대를 건넜던 이들이 그 시절에 대해
반성문을 쓰거나 유학을 떠나거나 화이트칼라가 되거나
화려하게 정치에 입문하거나 한때의 의기 넘쳤던 시절로
기억하며 어딘가 스며 살거나 아직도 시민운동으로 이어
가거나…, 그들은 무엇이 되었거나 안 되었거나 했다. 그
시절의 업적에 기여한 바도, 그 시대 때문에 받은 불이익
도 별 없는 나는 지금 변방의 산골에서 아이들과 혹은 어

른들과 함께 일과 예술과 명상을 통한 교육을 하며 살고 있다. 내가 지나온 그 시대의 결과랄까.

어떻게 해야 진보적으로 살 수 있을까

《아픔이 길이 되려면》의 저자 김승섭 교수는 1990년 말 대학에 들어간 이십 대 시절 내내, 사회 전체를 바꾸는 혁명에 대한 전망 없이도 어떻게 해야 진보적으로 살 수 있을까 고민했다. 사회가 급격하게 바뀔 수 있다는 꿈이 없다면 자신의 삶에서 가능한 한 오랫동안 진보적으로 살자 생각했다. 그러니까 이 책은 그 실천의 기록이다. 그는 차별 경험과 고용 불안, 혐오 발언 같은 사회적 요인이 비정규직 노동자, 성소수자와 같은 사회적 약자의 건강을 어떻게 해치는지 연구하고, 때로 그들을 위해 법정 증언을 하고 전문가 소견서를 제출하고 집회에서 연설을 한다.

김승섭 교수를 통해 나는 또 다른 사람을 알게 되었다. 캘리포니아의 IBM 공장에서 화학 물질에 노출됐던 노동자 200명의 직업병 소송에서 대기업의 반대편에 섰던, 돈도 명예도 되지 않을 뿐더러 언론의 지저분한 공격을 받으며 법정 증언도 서야 하는, 불편과 불이익을 감수하고 연구 검토와 데이터 분석을 했던(소송에서는 패하지만) 클렙 교수.

한 저널에서 왜 이런 일을 하느냐고 클렙 교수에게 물었다. 골리앗에 맞서는 거라는 대답. 법정에서 적절한 도움을 받을 수 없는 노동자들은 보통 이길 수 없다, 어떤 변호사는 어떤 학자는 그들 편에 서 있어야 한다!

일렁이던 가슴이 눈물로 올라왔다. 그 순간 나는 한 책에서 옮겼던 문장을 찾아 오래된 날적이를 뒤적였다. 젊은 날에 읽었던 그 책을, 나는 아이들과 포도 농사를 지으며 다시 소환했고, 밑줄 친 그 문장이 가슴을 울린 순간 날적이에 옮겨 쓴 것으로 기억한다.

굶주린 사람들의 눈 속에 점점 커져 가는 분노가 있다. 분노의 포도가 사람들의 영혼을 가득 채우며 점점 익어간다. 수확기를 향해 점점 익어 간다. (《분노의 포도 2》, 255쪽)

날적이의 기록은 이렇게 이어졌다. 굶주림과 분노가 다른 뜻이 아니라는 것도 그 책을 통해 이해했던 듯하고 민중 자치에 대한 꿈도 그 책 어디쯤에서 꾸었다.

"(…) 우린 그냥 죽어서 사라지는 게 아니에요. 사람들은 계속 살아간다고요. 조금 변하기야 하겠지만, 삶은 계속되는 거예요." (《분노의 포도 2》, 410쪽)

두려워할 것 없다는 낙관도 이 책에서 읽어 냈다.

미국의 경제 대공황 당시 조드 일가는 은행에 담보로 맡긴 땅을 빼앗기고 오클라호마주에서 캘리포니아주로 이주한다. 하지만 높은 임금을 준다는 전단지의 약속과 달리 정작 기다리는 것은 굶주리고 착취당하는 노동자의 삶이다. 그에 대항하는 이들을 이끄는 케이시가 구타를 당해 죽고, 톰은 때리던 이를 죽이게 된다.

케이시가 하던 일을 할 작정이라며 멀리 달아나는 톰에게 어머니가 물었다.

"앞으로 나는 어떻게 네 소식을 알 수 있겠니?"

어디에나, 어머니의 눈이 닿는 어디에나 있다고 톰은 답한다. 허기진 인간들이 밥을 달라고 소동을 일으키면 거기가 어디든지 반드시 그 속에, 경찰이 누군가를 패고 있으면 거기에, 모두가 화가 나서 고래고래 소리를 지르고 있는 그 고함 속에, 굶주렸던 어린아이들이 저녁 준비가 됐다는 것을 알고 소리 내어 웃고 있으면 그 웃음 속에 있다고. '우리 식구가 우리 손으로 가꾼 것을 먹고 우리 손으로 지은 집에 살게 되면' 그 속에 있을 거라 했다. 그때 나는, 기독교인도 아닌 나는, 갈릴리 바닷가에서 가장 가난하고 병든 이들 속을 누비던 맨발의 청년 예수가 떠올랐다. 그리고 책의 말미에 죽어 가는 남자 곁에 누워 자신의 젖을 물리던 로저샨, 이 장대했던 장면으로 나는 엄마가 되고 싶었다.

《아픔이 길이 되려면》이 아주 멀리 뒤로 간 내 스무 살 언저리를 불러오고 있었다. 김승섭 교수는 클렙 교수로부터 링 위에 오르는 법을 배운다. 정부와 기업은 정치적으로 힘없는 그들에게 관심이 없는데, 역학자로서 통계적으로 유의미한 데이터가 만들어질 때까지 그들이 병들고 다치는 것을 지켜봐야 하는가를 고뇌할 때. 학자의 언어로 대기업 IBM에 맞섰던 클렙 교수는, 학자는 데이터가 없다면 링 위에 올라갈 수 없다고 한다. 그것이 중요한 지침이 되어 김승섭 교수는 콜 센터 상담사, 소방공무원, 병원 인턴·레지던트, 해고 노동자, 성소수자의 건강에 대해 말하기 위해 언제나 데이터를 모으고 분석해서 논문을 쓰고, 그것을 근거로 어떠한 사회적 변화가 필요한지 말할 수 있었다.

당면한 일 앞에서 그저 허우적대며 살아가기 바쁠 때, 이 책은 내게 당신은 교육 현장에서 무엇을 들고 링 위에 섰는가를 물었다. 교사가 '링 위에 올라가는' 방법? 한 손에는 아이들을 향한 무한한 사랑을, 또 한 손에는 '바른 가치관으로 먼저 사는 삶'을 들어야 할 테지. 그리고 아이들을 안내할 수 있는 실력을 갖추고 무엇을 가르쳐야 하는가를 묻고 또 묻는 질문자이자 동시에 답변자인 머리와 입을 가지고 링에 올라야겠지. 나는 선수로서 제대로 출전이라도 할 수 있는 것일까….

내 몸은 내 몸이지만 동시에 사회가 낳은 몸이다. 거기에는 바람과 햇볕과 달빛도 닿지만 또한 관계가, 사회가 남긴 것들도 붙고 쌓인다. 몸은 우리가 인지하지 못하는 상처까지도 기억한다. 머리는 거짓을 말할 수 있어도 몸은 그럴 수가 없으니까. 사회와 단절된 병이 없고, 그 사회적 관계가 인간의 몸에 질병으로 남긴 상처를 해독하는 학문이 사회 역학이다. 사회적 원인을 가진 질병은 사회적 해결책이 필요한 것. 그렇다면 우리는 어떤 공동체에서 안전할 수 있을까?

책은 우리 공동체를 돌아본다. 우리의 모습은 어떠하였는가? 어쩌면 세월호 사건이 그것을 전면적으로 말해 주는지도 모른다. 내가 움직이면 구조가 늦어질까 봐 공동체의 안전을 위해 가만히 있으라는 방송을 따랐던 아이들에게 우리는 어떻게 했던가? 사고의 진실은 세월호처럼 깊은 바다에 빠지고, 원인을 숨기는 이들과 정치적인 이득을 챙기고자 덤벼든 이들과 선동가들과 서사를 자신들의 구미에 맞게 맘껏 짜는 언론과 그것으로 온 나라가 배처럼 출렁이는 속에서 쉽게 떠들어대는 사람들 …. 구조

가 아니라 '탈출'했던 피해자들에게 우리 공동체가 한 것
은 다친 어린 새를 어떻게 잡아야 할지 모르는 거칠고 우
악스런 손이었다. 섬-세-하-지 못했다. 피해자와 상의도
없이 언론에 알려지는 지원 대책, 수많은 지원을 하는 것
처럼 부풀려 전하는 언론, 마치 떠난 사람들로 남은 사람
들이 대단한 이익이라도 챙기는 것처럼 덩달아 사회는 소
문을 전했다. 치유 프로그램은 성급하게 돌아갔고, 그나
마도 세월호 희생자라는 걸 스스로 증명해야 치료를 받
을 수 있었다. 잔인했다. 우리는 먼저 침묵하며 지켜보아
야 했다. 김승섭 교수는 그게 한 사회의 감수성이고 실력
이라고 말한다. 갈등을 대하는 자세 역시 한 사회의 실력
이라고 덧붙이면서.

거기에는 버릇처럼 성급한 우리 사회의 호흡이 있었으
리. 아이들을 키우면서 기다리지 못하는 우리 어른들처
럼, 이 사회가 개인에게 언제나 요구하는 것처럼. 먼저 튀
어 나가지 않으면 밥을 얻을 수 없었던, 전쟁을 겪은 민족
의 DNA일 수도 있었을. 쉽게 끊고 쉽게 잊는. 아파할 줄
을 알지만 아픈 상대가 아니라 아파하는 내 마음이 더 크

게 보이는. 우리의 이기였다, 이 사회의 민낯이었다. 우리는 그토록 배려와 관용에 서툴다.

　그 진단에서 한치도 벗어나지 않은 내가 있었다. 헤아리지 못했다. 그래서 세월호, 세월호 이제 좀 그만하라는 사람들에게 끽해야 "몇십 년 전 떠난 이를 추모할 때도 우리는 고만하라고 하지 않는다"라고 말하는 게 전부였다. 떠난 아이들을 위해서 겨우 관련 단체에 작은 후원금을 내는 것으로, 세월호 기억 밴드를 하고 기억 리본을 달고 다니는 것으로 스스로 위로했고, 그것을 나눠 주는 것으로 소임을 다하는 양했다. 나는 계속 귀 열지 않았고 눈 열지 않았으며 가슴을 나누지 않았다. 그대가 필요로 할 때 곁에 있겠다고 말할 줄 몰랐다. 아니, 생각하지 못했다.

　이 책은 내 삶 속으로 훅 돌을 던지고, 나는 시퍼레진 입술로 80년대 거리에서 불렀던 노래 하나를 부른다. "…떨리는 손 떨리는 가슴/치떨리는 노여움에/서툰 백묵글씨로 쓴다/타는 목마름으로 타는 목마름으로 민주주의의 만세!"(원작: 김지하의 시 '타는 목마름으로')

　그때 '민주주의여 만세'라고 썼던 글씨를 지금은 '진실은 침몰하지 않는다'라고 고쳐 쓴다. 충분히 애도할 시간 도 치유에 집중할 시간도 주지 못해 '미안하다'라고 쓴다.

아픔이 기록되어야 역사는 기억한다

그래서 공동체는 무엇을 해야 하는가? 책에 따르면, 1999년 시카고 폭염은 4년 전에 견주어 사망자가 7분의 1로 그친다. 그 뒤에는, 자연 재해 또는 우연한 사고로, 개인의 책임으로 돌리지 않고 사회적인 원인을 찾고 그에 기반을 두고 대응 전략을 마련했던 행정 기관과 적극적으로 협조한 시민들이 있었다. 아픔이 기록되지 않으면 대책이 없다. 기록되지 않은 역사는 기억되지 않는다. 기억되지 않은 참사는 반복된다. 사건을 기록해야 하는 이유다.

나아가 책은 우리가 나아가야 할 공동체의 모습도 알려 준다. 공동체와 깊숙이 연결된 개인들이 꾸려 가는 상호 부조의 문화를 지닌 로세토 마을을 30여 년에 걸쳐 연구한 결론은 인근 마을에 견주어 심장병 사망률에 유의미한 차이가 있었다. 상대적으로 건강했다는 거다. 그게 가능했던 것은 개인이 맞닥뜨린 위기에 함께 대응하는 공동체, 타인의 슬픔에 깊게 공감하고 행동하는 공동체였기 때문이다! 그렇게 만들어진 아름다운 사회는 저자의 말대로 '나와 직접적으로 관계가 없는 타인의 고통에 대해 예민한 사람들이 살고' '그래서 열심히 정직하게 살아온 사람들이 자신의 자존을 지킬 수 없을 때 그 좌절에 함께 분노하고 행동'한다.

마지막 저자의 당부를 듣는다. 여러 가지 활동을 하다 보면 '상대편'이라고 생각하는 사람들뿐 아니라 '우리 편'이라고 생각하는 사람들로부터도 분명히 상처받는 일이 생길 거라고, 그게 더 아플 거라고. 하지만 도망가지 말고 그것에 대해 용기를 내서 주변 사람들과 터놓고 얘기를 하라고, 그걸 경험으로 간직하라고. 왜냐하면 상처를 준 사람은 잊어버리지만, 상처를 받은 사람들은 잊지 않고 곱씹으니까. 아프기 때문에 왜 상처받았는가, 그 이유는 무엇인가 질문해야 하니까. 하여 김승섭 교수는 말한다. 그래서 희망은 상처를 받은 사람들에게 있다고. 시민 활동가로, 새로운 교육 개척자로 살아오며 같은 상황을 얼마든지 겪었을, 그래서 아팠던 나는 그의 말에 위로받는다. 그리고 지침을 얻는다.

충실하게 저자를 따라오던 책을 덮고 나는 다시 앞으로 돌아가 밑줄 그은 한 곳에 서성거린다. 어떤 것에 대해선 뒤로 물러나지 않는 철저함으로 지켜 내면서 또 어떤 면에서는 느슨한, 나는 일관이 참 어려운 존재다. 교육에서 가장 중요한 것도 일관성이라는데 나는 아이들이 자주 안됐고, 지금 한 번이면 어쩌랴 싶어 한 발 물러나고, 그러다가도 한 번의 허용이 결국 모든 것을 내주어야 하는 전쟁처럼 혹 그의 모든 좋은 습관을 무너뜨리는 건 아닐까 걱정한다. 많은 것에서 진보적이지만 바로 그 진보적이어야만 한다는 보수적 사고가 또한 함께한다.

예컨대 이런 질문이 그러하다. 다른 취약 계층도 많은데, 왜 하필 죄 짓고 교도소에 있는 재소자의 건강 연구를 하냐는 질문 같은 것. 아, 그게 내 질문이었던 거다. 내가 그 질문자였던 거다. 사회 역학자까지는 아니어도 우리가 살아가는 공동체의 사회적 환경이 고정된 것이 아니라 정치·경제·사회·문화의 토대 위에서 만들어진 것이고, 그러므로 누군가 아프다면 그것들에 대해서도 탐구해야지 않은가. 탐구는 전문가가 해도 이해는 우리가 할 수 있지 않은가.

왜 하필 재소자냐는 질문에 김승섭 교수는 답한다. 구금으로 죗값을 치르는 것이지 아플 때 방치하는 것까지 징역살이에 포함될 이유는 없다고. 게다가 교도소에 있는 대다수는 교육으로부터도 의료 서비스로부터도 소외된 약자들이었으니 교도소에서라도 그들을 치료해 주면 좋지 않겠냐고. 공동체의 수준은 한 사회에서 모든 혜택에 취약한 사각지대에 놓인 사람들을 어떻게 대하느냐에 따라 결정되는 것이라고.

나는 붉어진 낯을 오래 비볐다.

그로부터 내 주장을 어떻게 설득하는지도 배운다. 배웠다고 되는 게 아님도 알지만, 적어도 한 발은 내디딜 수 있으리라.

책의 마지막 문장은 이렇게 끝난다.

우리 결국에는 이기심을 뛰어넘는 삶을 살아보도록 해요.

저도 열심히 노력할게요. (《아픔이 길이 되려면》, 305쪽)

나는 초등학생 아이들의 날적이 끝 문장처럼 화답한다.

"나도 열심히 해야겠다."

영차!

《아픔이 길이 되려면》

김승섭 지음 | 동아시아, 2017

삶의 한순간,
5
빛이 되는 것

언제든 자유롭게
춤출 수 있다면

글 류옥하다

마크 트웨인은 좋은 책이 '사람을 생각하게 하는 책'이라고 했다. 좋은 책, 특히나 오래도록 읽힌 고전은 인생의 어느 시기에 읽어도 우리에게 생각을 하게 한다. 인생의 순간마다 그 시기를 꿰뚫는 문장과 구절들이 있다. 삶의 경험이 축적되며 와 닿는 것이 있다. 생의 전환점마다 문학 작품은 내게 그런 의미였다.

찌르레기 소리 울려 퍼지는 산골 마을 초저녁, 손님들이 집을 가득 채우는 날이면 어머니는 사람들에게 《그리스인 조르바》 속 화자의 '할아버지' 이야기를 들려주시곤

했다.

그는 크레타의 고향 마을에서 평생 한 발짝도 벗어나지 않았다고 한다. 낮에는 일을 하고, 밤이 깊으면 등잔불을 들고 마을을 돌며 낯선 외지인이 있는지 살피는 것이 할아버지의 일과였다. 그리고 나그네를 찾으면 집으로 데려와 양껏 먹고 마시게 했다. 나그네가 여독이 풀리고 배불러질 무렵이면, 할아버지는 밥값으로 자신의 이야기를 들려 달라고 했다. 그의 엉덩이는 크레타의 산골 마을을 떠나지 않았지만, 그의 마음은 세계를 여행한 셈이었다.

어머니가 들려주신 이 이야기가, 그리스의 국민 작가로 추앙받는 니코스 카잔자키스의 대표작 《그리스인 조르바》에 대한 첫 인상이었다. 그리고 여담이지만 후일에야 그가 한 표 차이로 노벨 문학상을 놓쳤다는 것을 알았다. 그와 자웅을 겨룬 그해의 노벨 문학상 수상자가 알베르 카뮈였다는 것도 놀랍다.

시간이 흘러 산골 마을을 떠나 고등학교에 진학했다. 기숙사 서재에는 십수 년간 아무도 열지 않은 채 먼지가 뽀얗게 내려앉은 '세계 문학 전집'이 있었고, 나는 그렇게

《그리스인 조르바》를 운명처럼 다시 만났다.

자유에 대한 열망

누구나 자유로운 삶을 살고 싶어 한다. 인간의 역사는 할 말을 할 자유, 살고 싶은 곳에 살 자유, 대표를 뽑을 자유를 위해 투쟁해 온 역사다. 근래에는 노동으로부터의 자유를 꿈꾸는 이들도 많다. 그러나 이런 자유의 개념 확장에도 우리는 아직 자유가 뭔지 잘 모르는 것 같다. 우리에게 삶의 선택지가 많아진다고 해서 영혼이 풍성해지는지도 사실 모르겠다.

조르바는 내게 '자유로운 사람이란 이런 것이구나!'를 깨닫게 해 주었다. 한 사람의 영혼이 육신을 떠나 얼마든지 자유로울 수 있음을 상기해 주었다. 삶이 어떠한 순간이라도 내가 처한 환경을 떠나 얼마든지 춤추는 시간이 될 수 있음을 그에게서 배웠다.

'고등학교 재학 기간 읽었던 책 중 자신에게 가장 큰

영향을 주었던 책을 세 권 이내로 선정하고 그 이유를 기술하여 주십시오.'

대학교 수시 모집을 준비하며 책을 주제로 자기소개서를 써야 했을 때, 이런 이유로 나는 망설이지 않고 《그리스인 조르바》를 들게 되었다.

"해변에서 모닥불을 피워 놓고 온 우주를 앞에 두고 추는 춤에서 그의 '모든 것으로부터의 자유'에 대한 열망이 고스란히 전달되었습니다. 그의 삶은 신선한 충격으로 다가왔습니다. 제 자신이 주변 사람들의 시선이나 세태에 휩쓸리며 살아가지 않았나를 살펴보게 했습니다. 인생에서 세상의 기준, 외적인 기준을 따라 바짓가랑이가 찢어지게 살지 않아도 된다는 것을 깨달았습니다. 《그리스인 조르바》는 진정으로 제가 사랑하는 일을 하고, 진정한 진리를 쫓는 사람이 되리라 마음먹게 했습니다."

자유롭지 않은 것에 대한 공감

나는 산골 마을에서 읍내 고등학교를 지나, 어느새 대도시의 이십 대 성인이 되었다. 대학 새내기 시절, 나의 버킷 리스트에는 '고전 읽기'와 '읽었던 고전을 원서로 읽어 보기'가 늘 있었다. 그러나 대학 시절은 새내기가 편하게 책을 읽게 놔두지 않았다. 넷플릭스, 유튜브 등 휴대 전화만 손에 들고 있으면 무언가 떠먹여 주는 데 익숙해져 갔다. 거기에 게임 한 판이 말초 신경을 더 자극했다.

고전 읽기는 어려웠다. 다섯 페이지를 못 넘겼다. 내 문제가 아니라 고전이라 불리는 작품들의 문화적 차이, 사회적 배경이 낯설기 때문은 아닐까 하는 핑계도 대보았다. 《그리스인 조르바》의 경우 그리스와 터키의 전쟁사, 크레타를 모르면 이해하기 힘든 면이 없잖아 있다. 마치 한국 현대사를 모르는 외국인이 박경리의 《토지》를 읽기 어려워하는 것과 비슷한 느낌일 것이다(사실, 이해하기 어렵다기보다 작품의 사회·문화적 배경을 알면 더 풍성하게 읽을 수 있다고 말하는 게 옳을 것이다).

고등학교 기숙사처럼 휴대 전화도 게임도 없던 새벽이

나, 소쩍새 소리만 가득하던 산골 마을에서야 내용 이해를 좀 못 해도 재미가 없어도 술술 읽혔다. 놀거리가 그것밖에 없었으니까! 그러나 21세기 대한민국의 광역시에 위치한 대학교 기숙사에서는 고전이 주는 깊이가 유튜브가 주는 쾌락을 이기기 힘들었다.

영어권이 아닌 고전들은 번역 때문에 책의 가독성이 떨어지는 면도 있었다. 러시아, 그리스, 스페인 어로 된 고전들은 영어를 한 번 거쳐 온 중역본들이 많은 게 그 이유다. 《그리스인 조르바》의 경우 한국어로 여러 종이 번역되었지만, 중역을 다시 번역한 경우였다. 내가 산골에서 처음 읽은 《그리스인 조르바》도 그리스어-프랑스어-영어-한국어 번역본이었다. 그렇게 번역된 책은 지명, 인물에 대한 발음 차이도 문제였다. 그리고 무엇보다 원작자의 느낌과 감정이 온전히 전달되는 데 한계가 있고, 책이 내용만 전달하려는 것 같아 지루했다.

그런데 2018년, 드디어 그리스어를 한국어로 직접 번역한 《그리스인 조르바》의 번역본이 출간되었다는 소식을 접했다. 한국의 대표적 그리스학 연구자로서, 오랫동안 카잔자키스의 전 작품을 연구한 유재원 교수가 그리스어를 직역하셨다고 한다. 다시 조르바를 만났다. 조르바가 19세기의 고리타분한 언어를 사용하는 사람이 아니라, 21세기에 책장 속에 살아 있는 것만 같았다.

이전에는 조르바의 자유로운 춤에 반해 입을 벌리고 감탄하는 편이었다. 책 속에서 묘사된 대중들은 조르바와 달리 종교를 맹신하거나, 과부의 집을 약탈했으며, 세상의 온갖 환락과 근심에 묶여 있었다. 삶에 구속된 이러한 대중들과 비교되어 조르바의 자유로움이 더 빛나 보였다.

그러나 대학에서 마주한 《그리스인 조르바》는 고등학교 때 접한 그것과는 사뭇 달랐다. 이제는 조르바나 대중이 아니라 책 속 '나'로 대표되는 '지식인'들에게 더 공감이 되었다. 그들은 앞서 말한 대중들과 달리 삶에 대한 철학과 지식을 갖춘 이성적인 사람들이다. 그러나 역설적으로 이들은 고뇌와 이상 속에서 자유롭지 못하다. 그리스의 민족 자결을 꿈꾸지만 총을 들고 나설 행동력은 없다. 지식과 실천력의 괴리, 이상과 현실의 괴리가 그들을 괴롭게 만드는 것이다. 그렇기에 책 속 '나'는 조르바에게 '진정한 자유'를 느끼고 그것을 찬양했으리라.

이렇게 책을 읽는 시기에 따라 다른 등장 인물들에게 공감하는 것도 소설의 매력 중 하나다. 정교하고 입체적으로 짜인 고전은 독자로 하여금 읽을 때마다 새로운 면을 발견하게 한다. 그 새로운 면을 발견한 독자는 자신의 새로운 면도 동시에 발견하며 한층 성장하게 되지 않던지.

조르바가 건네는 위로

누군가 '자유가 뭐라고 생각해요?'라고 묻는다면 명확히 답할 자신이 없다. 나는 진정 자유롭게 살았던가? 서른 살의 나는 이 질문에 답을 할 수 있을까? 백 살의 나는? 이 질문에 진정으로 답할 수 있는 사람이 얼마나 있을까? 삶에서 자신이 선택했다고 여겼던 행동들도 어쩌면 불가피한 상황과 환경의 산물일 수도 있으니까.

자유는 역설적이고 상대적인 개념이라고 생각한다. 과도한 선택권이 때로는 불행을 낳기도 한다. 식비가 빠듯한 이에게는 금전적 자유가 절실하며 그것이 절대적인 자유로 보일 수 있지만, 경제적인 자유를 달성한 이의 속은 또 다른 이유로 지옥일 수도 있다.

어떤 이는 왕따를 당하면서 그 와중에 세상을 왕따 시키고 자기만의 넓고 견고한 세계를 지니기도 한다. 그래서 그의 마음은 천국일 수도 있다. 또 어떤 이는 풍요로운 관계망 속에서도 공허와 외로움을 느낄 수 있다. 그러면 그의 마음이 도리어 지옥이 아니겠는지.

이렇듯 다양한 모습을 가진 자유이지만, 적어도 우리는 조르바의 행동에서 그것을 지닌 사람이 어떤 모습일지 어렴풋이 짐작해 볼 수 있다. 조르바의 인생은 막힘이 없다. 원시적이고 본능적이다. 그는 기분이 내킬 때 산투리를 치고, 또 기분이 내킬 때 모닥불 앞에서 춤을 춘다. 화자인 19세기의 '나'에게도 처음에는 무서움과 거부감이 들었다. 현대를 살아가는 문명화된 우리에게도 처음에는 마찬가지일 것이다. 그러나 어느 순간 주인공 '나'를 포함한 모두는 조르바에 빠져든다. 세렝게티의 평원을 뛰노는 야수를 보며 느끼는 가슴 벅참 같은 감정이 그나마 비슷한 느낌일까.

조르바는 문명이 길들이지 못하는 야수다. 적어도 일에 관해서 그는 노예처럼 '나'를 위해 일할지언정 그의 산투리는 그 누구도 길들일 수 없다. 조르바의 이러한 태도는 결국 나에게 본질적으로 자유란 무엇인가 고민하게 한다.

진정한 자유란 무엇일까? 그를 보면서 느낀 자유는 세상으로부터의 시선, 평가로부터 해방되는 것이었다. 나란 존재, 나의 가치관과 지향, 일과 관계에 대해 누구에게도 허락을 구하지 않는 것이다. 내 입에 밥 한술 떠 주지 않는 이들에게 삶의 주도권을 빼앗기지 않는 것, 내가 내 삶을 온전히 내 것으로 만드는 것이었다.

조르바는 흔들리는 순간에 내게 삶을 부여잡으라고 말했다. 손에 굳은살이 생기고 팔의 정맥이 터져나갈지언정 이 땅과 육신을 힘껏 잡아야 한다고, 세상의 부귀영화와 흥망성쇠에 관계없이 온전히 남 탓 할 것 없이 나를 받아들여야 한다고. 나의 온전하고 유일한 소유물이 내 삶이 되는 것, 그것이 조르바가 내게 가르친 자유이고 삶이었다.

자유가 무엇인지 고민하는 이들에게 이 책을 함께 읽기를 권한다. 빠르고 정신없이, 생각 없이 흘러가는 세상 속에서 내 삶의 주체성에 대해 고민하는 청춘들과 이 책을 함께 읽고 싶다. 물론 여기에도 정답은 없을 것이다. 그러나 적어도 추상적인 자유라는 개념이 어떤 모습으로 나타나는지 조르바를 통해 짐작해 볼 수 있을 것이다.

　　정말로 위로받을지도 모른다. 좀 못해도 자유로울 수 있다. 삶에 실패해도 자유로울 수 있다. 그러한 조건에 상관없이 진정으로 영혼이 해변에서 춤을 출 수 있는 것, 그것이 이 책을 읽음으로써 받을 수 있는 가장 큰 선물이다.

《그리스인 조르바》
니코스 카잔자키스 지음 | 유재원 옮김 | 문학과지성사, 2018

이처럼 결정적인 전환점에서 요점은
단순히 사느냐 죽느냐가 아니라
어느 쪽이 살 만한 가치가 있는가이다.
가령 당신이나 당신의 어머니가 몇 달 더 연명하는 대가로
말을 못한다면 어떤 선택을 할 것인가?

(…)
당신의 아이가 얼마만큼 극심한 고통을 받으면
차라리 죽는 게 낫겠다고 말하게 될까?
뇌는 우리가 겪는 세상의 경험을 중재하기 때문에,
신경성 질환에 걸린 환자와 그 가족은
다음과 같은 질문에 답해야 한다.
'계속 살아갈 만큼 인생을 의미 있게 만드는 것은 무엇인가?'

《숨결이 바람 될 때》 중에서

우리에게 내일을
맞을 수 있게 하는 것은

글 옥영경

마주보고 같이 밥을 먹던 이가 이제 세상에 없다. 나는 살아 움직이고, 그는 멈췄다. 이게 무슨 일인가 황망하다가, 사는 게 다 무언가 부질없다가도 밥을 먹고 자고 또다시 들로 나간다. 가까운 혹은 먼 죽음들이 삶에 대해 질문하게 하지만 또 금세 잊는다. 살아지거나 살거나. 얼마 안 가서, 천 년 만 년 살듯이 또 살아간다. 그러다 또 누군가 세상을 떠나고, 슬퍼하고 주춤하고, 그러다 또 잊힌다. 이제 곁에 태어나는 이들보다 세상을 떠나는 이들이 더 많은 나이가 되었지만 나는 아직 '살아서' 죽음이 까마득하다. 내게 죽음은 추상이다.

이 순간에도 누군가 태어나고 누군가 죽는다. 사망선고까지 받아 놓은 시한부 병상에서조차 죽으리란 건 알아도 언제 죽을지는 알 수 없다. 죽음 없는 삶이 없는데도 모든 죽음은 뜻밖이다. 죽어 가고 있더라도 죽기 전까지는 여전히 살아 있는 걸. 죽어 보지 않은 우리에게 죽음은 여전히 추상이다.

세상은 아무것도 바뀌지 않았지만 죽음은 한 사람을 삶과 죽음으로, 전혀 상반된 길로 갈라지는 지점에 세운다. 삶과 죽음과 의미가 서로 교차하는 문제들이 바로 이 꼭짓점에 있다. 이때 '중요한 것은 죽고 사는 게 아니라, 어느 쪽이 더 살 만한 가치가 있는가가 아니겠느냐' 하고, 서른여섯 젊은이의 마지막 순간을 기록한 《숨결이 바람 될 때》는 묻는다. 무수한 종양이 폐를 덮어 죽음을 목전에 둔 환자였던 젊은 의사 폴 칼라니티는 2년의 투병 기간 동안 그렇게 삶을 향해 말을 걸고 기록한다. 환자를 치료하는 의사이면서 그 자신이 환자였던 폴의 투병기이자 회고록에서 죽음은 내게 구체가 된다.

삶을 채우고 나아가게 하는 것은

우리 삶을 채우고 기쁘게 하는 것은 어마어마한 어떤 것이 아니라 촘촘하게 나를 둘러친 시간과 공간을 채우는 자잘한 것들이다. 새벽빛을 가르며 산 너머에서 준비하고, 준비하고, 준비해서 떠오르는 해, 모든 시간들이 그곳으로 집약되는 것 같은 저녁놀, 초록이 물러나며 점점 다른 빛깔에게 자리를 내주는 물든 감나무 잎, 벗들과 마주 보고 웃는 웃음, 고양이 털 같은 기분 좋은 바람, 빛으로 선을 긋듯 어깨 가장자리에 내려앉는 달빛, 저녁의 묵직한 와인 한잔, 미끄러져 스며드는 김두수의 노래, 세사르 바예호의 시詩 〈인간은 슬퍼하고 기침하는 존재〉의 구절들…, 그 빛나는 기억이 우리 삶을 밀고 간다. 생이 그리 어둔 것이 아니라는 안도와 함께, 반짝이는 것들을 앞으로도 발견할 수 있다는 기대와 함께.

폴은 투병 중에 태어난 딸 케이디를 무릎 위에 앉히고 노래를 불러 주며 살살 흔들어 댔고, "4월은 가장 잔인한 달…", 엘리엇의 〈황무지〉를 암송하기도 했다. 그가 희망한 것은 목적과 의미로 가득한 날들이었고, 그는 죽음을 정면으로 바라보았다. '폴에게 벌어진 일은 비극적이었지만, 폴은 비극이 아니'었다. 침대에서 나와 한 걸음 앞으로 내딛고는 《이름 붙일 수 없는 자》의 한 구절, "나는 계속 나아갈 수 없어, 그래도 계속 나아갈 거야 I can't go on. I'll go on."를 외며 그의 삶은 이어졌다.

아들이 읍내 고등학교 기숙사에서 돌아온 어느 주말, 그에게 이 책을 내밀었다. 엄마의 책꽂이를 기웃거리고 책을 뽑고, 거기 친 밑줄에 대해 묻기도 하던 아들이었는데, 제도권 학교를 가고 바쁜 고등학생이 되니 눈치가 다 보였다.

"다 말고, 95쪽만 읽어 보렴."

아마도 자신에게 짜증을 내면서까지 좋은 성적에 집착하는 그에게 잠시 멈춰 생각 좀 해보자는 말을 나는 그리 대신하고 있었을 게다.

어느새 책 한 권을 다 읽어 버린 아이에게 물었다, "너는 무엇으로 계속 살아가?"

"사실 이 책의 이런 질문은 죽기 직전이기 때문에 할

수 있었던 게 아닐까요?"

우리는 그날 숱한 이야기의 강을 건넜다.

"삶에도 관성이 있지 않나요."

살아지지 않느냐 말이다. 태어났으니 사는 거다. 왜 태어났느냐를 묻는다면 그걸 누가 알까. 때로 어떤 일을 하기 위해서 태어났노라 사명 혹은 소명 의식을 말하기도 하지만 그건 우리가 의미를 부여하기에 그렇지 정말 그것이 답일까, 왜 태어났을까 하는 질문에 묻히면 거미지옥이 거기 아닐까, 이런 질문에는 어쩌면 자살밖에 결론이 없을지도 모른다, 하여 죽지 않고 끝까지 삶을 이어가려면 어떻게 살 것인가를 물어야 한다는 것이다.

"왜 사느냐 자꾸 묻는다는 건 … 예를 들어 의대생이 자기 정체성이 의대생에 있으면 의대생이 아닐 땐 자신이 사라져요? 의대생이라는 것에 자기 정체성이 있는 게 아니라는 거죠. 언젠가 어머니가 아이들에게는 좋은 옷을 입히지 말라고 하셨잖아요 …."

내가 그 말을 했던 의도는 그래야 아이들이 마음껏 활동한다는 의미가 더 컸지만, 이 문장은 그에게서 다른 의미로 더 확대되었다.

아이들은 옷이 자기인 줄 착각하기도 한다. 자기 존재가 거기 있는 줄 안다. 그건 마치 어디에 사느냐가 누구인가를 결정한다는 아파트 광고처럼, 이 시대 대부분의 광고가 그러하듯, 마치 비싼 것을 쓰고 입고 살고 있으면 자신의 가치도 따라 올라가는 줄 안다. 아니 그런 걸 사회가 부추긴다. 정말 그러한가? 사람과 옷, 사람과 집, 옷과 집처럼 나를 둘러친 것과 나를 동일시 하다가 그것이 자신에게서 빠졌을 때 얼마든지 죽음을 선택하는 걸 우리는 심심찮게 본다. 사회적으로 보이는 게 중요한 사람일 때, 그 보이는 걸 잃게 되면 자신에게 아무것도 남아 있지 않은 것 같다. 삶은 공허해지고 얼마든지 삶을 놓아 버릴 수도 있다는 거다. 정작 우리 자신을 말해 주는 것은 무엇을, 어떤 생각을 하느냐! 사물들은 내 바깥에 있는 것이지만 생각은 내 안에 있는 거니까. 나의 가치는 내가 중요하게 여기고 살리는 생각의 질에 있다.

"청소년기에 특히, SNS라든지 시대적 흐름이 그렇기도 하겠지만, 우리 나이가 특히 보이는 것에 유달리 집착하는 때인 듯해요.”

그래서 아이들 모두가 한 브랜드 점퍼를 교복처럼 입었던 어느 해가 있지 않았던가. 그래야만 또래 문화에 낄 수 있고, 그래야만 자신일 수 있었던.

“물론 지나가는 한때일 수도 있지요. 히피 문화처럼.”

히피는 1960년대 대항문화의 기수였다. 반체제, 반권위, 비폭력 평화주의, 그리고 물질문명을 비판하고 인간성 회복을 주장하던 그들이었다. 그 사람들이 어디 간 게 아니라 그들이 나이 먹고 할아버지 할머니가 되었다. 물론 지나가는 한때일 수도 있다. 우리 모두 그런 시간을 지난다. 자기 정체성은 어느 시기로 고정되는 게 아니라 계속 찾아가는 것. 그때는 히피였고, 지금은 아닐 수도. 그때는 맞았고 지금은 틀린 게 아니라 그때도 맞고 지금도 맞는 것일 수도. 아들의 이야기는 계속 되었다.

“그래서 또 관성을 말하게 돼요. 방향성이라는 의미에서요. 삶의 의미란 게 어떤 목적성 그런 것에 있는 게 아니라, 어떤 방향으로 흘러가려는 경향이 있는 거죠. 지금 하고 있는 행동들이 스노우볼링처럼 굴러가며 자꾸자꾸

커져요. 그러니 지금 아침에 잘 일어나고 건강한 하루를 살고 그것이 건강한 사람을 만들고 … 비약 같지만, 맞고 자란 아이가 폭력을 행사하는 어른이 된다든지 하는 것도 일종의 그런 게 아닐까요?"

아들은 제 공부 습관도 관성에 입은 바가 크다고 했다. 식구들이 보기에 그 아이의 공부를 밀었던 것은 그가 태생적으로 가지고 나온, 아무도 잘하라고 한 적 없지만 1등을 향한 강렬한 욕망과, 산골 마을에서 농사와 집안일을 도우며 일을 통해 만들어진 힘과, 일머리가 공부머리에도 준 영향, 그리고 책을 읽고 글을 쓰는 과정들이 크게 작용했을 거라고 보고 있었다. 그런데 거기 더해 그의 진단은 이러했다.

"어쩌면 제가 괜찮은 공부 습관을 가지게 된 데는, 어릴 때부터 만들어진 환경은 일단 빼고, 첫째 '노는' 친구들과 거리가 있었어요. 노래방도 피시방도 고등학교 가서 처음 갔고, 말하자면 그런 환경들과 자율적으로 분리된 덕도 있었던 거죠. 둘째, 바로 관성. 저는 틈만 나면 도서관에 갔어요. 심지어 중간고사 치고 모두 손을 놓고 있을 때도…. 기억나세요? 저는 습관적으로 도서관에 갔잖아요. 거기서 수능 공부도 하고….”

아이는 어릴 적 읍내에 나가면 엄마가 일 보는 동안 늘 도서관에 머물렀다. 시골 도서관이 보육 기능도 가지고 있었던 거다.

“저는 사실 인생을 의미 있게 만드는 ‘것’은 어쩌면 없다고 생각해요.”

“그건 어떻게 살아도 괜찮다?”

“아니죠, 한쪽으로 치우치지 않고! 균형 있게 살아가는 게 중요한 거죠.”

젊은 우리는, 혹은 아직 죽음이 멀다고 생각하는 우리로서는 삶을 더 잘 건너가기 위해 실력을 기르고, 자신의 목소리에 더 귀를 기울이고, 그런 것이 필요하지 않겠냐는 게 폴의 질문에 대한 아들의 대답이었다. 그것을, 의미를 붙잡고 있기보다 나날을 잘 살아 내고 그것이 쌓여 우리 삶을 이루는 거라고 나는 이해했다. 바로 내가 살고 싶은 시간들이기도 하다.

첫 문단에 폴 칼라니티의 책 한 구절을 옮기고 있는 어느 해 3월 끝물의 내 날적이에는 다른 날과 달리 제목이 달려 있다, '잘하고 있네'라고. 다른 설명 없이 곧 이어진 다섯 문단의 글은 삽화처럼 짧은 이야기를 하나씩 담고 있었다.

잘하고 있네 · 1

읍내 나간 길에 한 형님 댁에 들렀는데 밥과 갓 담은 김치부터 내놓으셨다. '친정이 따로 있지 않다. 뜨거운 밥의 힘! 잘하고 있네, 그렇게 말하는 지지의 힘!'이라고 날적이에 쓰여 있다. 오래고 낡고 너른 폐교를 고쳐 가며 아이들을 섬기고 사는 내 삶의 끊임없는 노동에서 누가 건네는 '따순밥'에 엄마 잃은 아이의 설움처럼 목이 메고는 했다. 내가 그대 애쓰고 사는 거 아네, 하고 툭툭 어깨를 치며 건네는 어른의 위로 같은. 우리는 때로 그런 지지가 필요하다. 그런 관계의 지지가 우리 삶을 밀어 준다. 우리가 행복하다고 할 때 거기에는 돈독한 관계들이 있다, 반대편을 향한 전선을 형성할 때만 연대가 있는 것이 아니라. 인간적 유대라는 말로 더 친절히 말할 수도 있겠다.

인간적 유대로 친구 관계를 첫째로 꼽기로야 남녀노소가 그리 다르지 않겠지만 청소년기라면 거의 절대적일 것이다. 더러 이 관계는 이 세상의 전부인 것처럼 생각돼서, 그것에서 내 존재가 부정당하면 모든 걸 잃는 것만 같아서 거기에 목을 맨다. 청소년 무리 문화를 패거리 혹은 끼리끼리 문화로 다소 부정적으로 말하기도 하지만 같이 모여 건강하게 하는 일도 얼마든지 있다. 함께 걷고 이야기를 나누고 무언가를 만들고 책을 읽고…. 사실 하지 말란 짓들이 재미는 있다. 하지만 그것이 미칠 영향, 누군가에게 상처가 되지 않나 살필 수 있어야겠지. 내 즐거움이 타인에게 고통이라면 그것을 정녕 즐거움이라 할 수 있겠는지. 그 관계가 끈끈하게 맺어질 수 있겠는지. 나쁜 일로 연대한 관계는 오래 가지 못하고 결국 깨지고 말텐데 말이다.

잘하고 있네 · 2

읍내 나갔다 산골 마을로 돌아오며 면소재지 마을에 있는 밭에 들린다. 가까이 있는 품앗이샘(자유학교 물꼬의 자원봉사)으로, 가깝다는 죄로 툭하면 불려와 물꼬 일을 거드는 이다. 읍내에서 얻어 오는 김 나는 순두부를 댁네 부엌에다 먼저 부려 놓고 왔다. 해가 졌는데도 그는 밭에 있었다. '세상을 살아가는 모든 걸음, 애쓴다. 잘하고 있다!'라고 나는 날적이에 썼다. 물꼬의 들일 급한 대로 좀 하고 나서 그네 자두 밭에도 들어가야겠다는 다짐도.

우리가 사는 게 재밌다고 느끼는, 그러니까 행복하다고 느끼는 순간은 내 것을 타인에게 내줄 때도 그렇다. 우리가 여행지에서 받는 낯선 이의 환대가 기쁜 것처럼 우리 역시 지나는 여행자가 곤란을 겪는 일에 뭔가를 도울 때 기쁘다. 무겁게 들고 가는 물건을 같이 들어줄 때, 내가 무언가 도울 것이 있을 때, 내가 타인에게 잘 쓰일 때.

잘하고 있네 · 3

한 박람회에 다녀온 가방을 그제야 풀며 내게 산을 내려온 가방을 바로 정리하는 습을 가르쳐 준 선배를 떠올리고 있었다. 타박하기 익숙한 그에게, 그런 줄 알아도 번번이 마음이 상하곤 했다. 그에게 늘 고팠던 말은, "잘하고 있다"였다. '헌데 그가 그러거나 말거나 나는 잘하고 있다!'라고 나는 그날 날적이에 썼다. 세상 사람 다 손가락질해도 나는 나를 이해할 수 있다. 나만은 나를 저버리지 않으리. 아무도 위로해 주지 않는다면 내가 나를 알아주지. 인정이 필요하다면, 아무도 날 알아주지 않아도 내가 나를 알아줄 수 있지. "괜찮아, 애썼어!" 하고 내가 말해 주겠다, 내게.

잘하고 있네 · 4

남편으로부터 온 전화를 받았다.

"뭐해?"

"그냥…."

"잘하고 있네. 옥영경은 존재가 옳으니까, 기쁨이니까."

우리 식구들의 오글거리는 대화였다. 그날 날적이에는 '멀쩡하다가도 문득 찾아드는 무기력에서 가족의 지지와 격려가 참으로 커다란 응원이었다'라고 썼다. 누구보다 가족이야말로(굳이 핏줄이 아니더라도) 연대의 가장 든든한 전선이지 않은가.

잘하고 있네 · 5

세월호 사건 이후 급속도로 오래 피로를 느끼고 있었다. 어릴 때부터 여러 나라에 산 내 경험을 아는 이들이 가끔 물어왔다. 어디가 살기에 제일 좋더냐고.

"가장 좋은 곳은 몰라도 제일 고단한 곳은 말할 수 있겠어요. 대한민국!"

당연히 고집멸도라, 현재 삶, 바로 이 순간의 현장이니까 또한 그리 느낄 테다. 세월호가 바다 속에서 울렁일 때 그래서 덩달아 휘청이고 있을 때 그 시간을 같이 견뎌 준 벗이 먼 곳으로 떠나 부재하게 되자 수문 밖에서 넘칠 듯이 기다리던 물이 문 열린 듯 밀려 덮쳐 오는데….

　게다가 그날 글쓰기 하나도 퇴짜를 맞았다. '글 잘 쓰는 이들이 얼마나 흔하고 많은가. 글에 힘이 없어졌다. 그거 삶에서 오는 것일 터. 글의 논리도 약해졌다. 철학 없음을 책 읽기로 메울 수도 있었을 것이나 나는 늘 게으르거나 바쁘거나. 그런데! 오늘 아직 내 생은 끝나지 않았고, 아직 나는 뭔가를 할 수 있고, 심지어 아직 잘할 시간이 있고, 잘할 것이다.' 그리하여 인쇄처럼 또박또박 쓴 마지막 문장은, "잘하고 있다!"였다.

　나는 잘하고 있다!(사실, 나는 이 말을 자주 안간힘을 쓰며 말해야 한다, 입을 앙다물며.) 내 삶이 어디로 갈지 그 삶을 마지막까지 따라가는 건 나다. 나야말로 내 삶의 증언이고 증인. 우리 삶의 이야기를 어떻게 만들지는 결국 우리 자신이 결정한다. 지금 여기 이른 것은 모든 순간에 내가 고른 것의 결과다. 그것은 보기에 성공했을 수도 실패했을 수도 있다. 그것을 어떻게 해석할지야말로 중요하다. 마치 반 컵 남은 물을 어떻게 바라보느냐 하는 것처럼. 아직, 이라고 말하는 이가 있다면 겨우, 라고 말하는 이가 있지 않던가. 내 서사는 내가 결정한다!

그날의 날적이는 결국 폴의 질문에 한 내 대답이었던 것이다. 돈독한 인간관계, 애정을 쏟고 보람을 느끼는 자기 일이 있고, 가치 있고 의미 있는 일에 자신을 쏟을 때 사람들은 행복하다고들 했다. 사랑하고 연대하고 나누고 내 삶을 한껏 끌어내는 것, 그것이 삶의 의미라고. 그것으로 그날을 살고 그것으로 힘을 내고 그것으로 다음 아침을 맞았으리.

걸려 있는 자유학교 물꼬의 학교 이념에 새삼 눈길이 간다. 좀 길다.

'스스로를 살려 섬기고 나누는 소박한 삶, 그리고 저 광활한 우주로 솟구쳐 오르는 나!'

《숨결이 바람 될 때》, 폴이 못다 쓴 페이지는 아내 루시가 마지막을 채워 책이 나왔다. '그가 희망한 것은 가능성 없는 완치가 아니라 목적과 의미로 가득한 날들'이었다. 그의 책을 읽으며 우리가 희망한 것은 나날을 정성스럽게 살아 내는 것일 테다. 그와 우리가 다르지 않았다. 그는 죽음 앞이었고 우리는 삶 앞이었으나, 그도 우리도 삶을 물었던 것.

숨결이 바람 될 때
폴 칼라니티 지음 | 이종인 옮김 | 흐름출판, 2016

삶을 제 것으로 산다
옥영경

생의 캄캄한 밤 한가운데에서

다른 어떤 이도 내 문제를 해결해 줄 수 없었던 '그때', 어딘가를 고치려 해도 살림이 여의치 않아 사람을 부르지 못하고, 부른다한들 쉬 오지도 않는 고민만 큰 멧골의 밤이었다. 겨울은 모질고, 너르고 낡고 오래된 건물은 끊임없이 말썽을 부렸고, 그 밤 문짝 하나가 달아난 문틀에 가마니 같은 보온재를 달면서 퍽도 서러웠다. 나는 뭔가 뚝딱거리는 데 재능이 없었고, 알지 못했고, 할 수 없었는데, 어떻게든 내 손으로 이런 일들을 해내고 말리라, 그예 감당해 내리라 굳은 다짐이 따라왔다.

때마침 선배 하나가 공장을 고쳐 지으면서 목공 일을 가르쳐 줄 수 있다고 해서 그곳에 스무 날을 건너가 있었다. 그러나 정작 선배는 제 코가 석 자였고, 공사 현장에 있는 남자들은 거치적거리는 외부 사람을 반기지 않았다. 그들에게 새참을 해대고, 낯을 익히고 묻고 또 물으면서 한 구석에서 낑낑대며 애쓴 여러 날, 마침내 제 공구 저만 쓴다는 현장 사람들이 틈틈이 공구 작동하는 법을 알려 주더니 심지어 자기 공구를 빌려 주는 날도 왔다.

여전히 한계가 많고 전문가에게 맡기는 일이 흔하지만, 두메 살림에서 여기저기 직접 고치고 필요한 것들을 만들면서 나는, 산에 사는 일에 자신감이 붙었다. 사람들이 내게 당당하다고 느낀다면 이것에 기댄 바가 적지 않을 것이다.

멧골에 사는 일 자체가 시를 쓰는 일이고 소설을 읽는 일이라고 여겼다. 가끔 사람들이 물었다. 무슨 힘으로 그 긴 세월을, 산골 마을 거친 삶에서 '자유학교 물꼬'가 지치지도 않고 살아 나가냐고. 수행이, 아이들이, 동지들이,

그리고 날마다 하는 노동이 나를, 물꼬를 밀어 왔다.

누군가 '당신에게 책이 무엇이냐'라고 내게 물었을 때 쩡하고 또 다른 '그때'가 생각났다. 안나푸르나 군락에서 길을 잃었던, 6천 미터의 산에서 운무에 앞이 보이지 않을 때보다 더 지독했던 것은 '관계'의 일이었다. 무지막지하게 폭력적인 한 관계를 건너갈 때, 작은 바람에도 가지가 툭 부러질 것만 같았던 그때, 내가 부여잡았던 것들이 있었다. 아무도 없을 때, 아니 없다고 생각했을 때 '아무'가 되어 주었던 내 인생의 책들!《분노의 포도》,《어느 청년노동자의 삶과 죽음》,《공산당선언》,《임꺽정》,《혼불》,《노인과 바다》,《백년의 고독》 …. 이 책들은, 같이 걷자고 등을 토닥이고 어깨를 안아 주었다. 내게 닥친 어려움이 그리 큰 문제가 아니라고 위로하며 그 시절을 지날 용기를 주었다. 쩡했다. 나는 아직 살아 있고, 내 삶은 대체로 괜찮다. 책이 한 영혼을 살려 내기도 한다고 어찌 말하지 않을 수 있겠는가.

삶이 책을 일으키고 책이 삶을 세웠다. 수행하고 밥 짓고 차를 달이고 청소하고 들에 나가 풀을 뽑고 아이들을 만났고, 그리고 책을 읽었고, 그것이 다시 날마다의 삶을 안내했다.

세상은 납작하지 않다

어떤 생명도 납작한 것은 없다. 입체적이고 다차원적이기로야 사람인들 모자랄까. 삶에서 죽음으로 가는 것은 그저 단선적인 '시간'인데, 삶은 울룩불룩한 '공간'이다. 하여 사는 일이 자주 멀고 길고 깊다.

삶 앞에서 무슨 나이가 있고 성별이 있겠는가. 우리 모두 산다. 모두 수고롭다. 저마다 애닯고 처처마다 사연이라.

뭐가 이렇게 쉼 없이 뛰어다녀야 하나. 삶은 자꾸 우리에게 힘을 내기를 요구한다. 사는 일이 어째 자꾸 힘을 내야 살아진다. 그게 삶이다. 삶의 속성이 그러하다.

그리 알아도 어느 순간 또 맥이 빠진다. 이게 다 무언가 허망해진다. 인류사에 현자들이 고민했던 것도 이 허무를 벗어나는 길을 찾는 일이었다. 누구는 산에 들고 다른 누구는 차라리 모든 것을 다 가지겠다 달린다. 하지만 외면하거나 도망치거나 다 가진다고 그것이 해답이 되지는 않았다.

아, 어쩌겠는가. 처연한 사람살이라. 어쩌겠는가, 살아갈 밖에. 어쩌겠는가, 안을 밖에. 인간의 그 참을 수 없는 숱한 낯 뜨거움과 삶의 할큄 속에서도 그래도 저버릴 수 없는 그 무엇으로 일어나 믿고 모색하고 사랑하고 연대한다. 그렇다고 결코 또 다른 할큄을 피해갈 수도 없는 사람의 일 사이를 저만치에서 걸어오는 사람(당연히 그것은 책이기도 했다!), 그들이 날 살렸고, 나로 그가 살지니, 눈물나는 우리 삶이여. 청년이었던 한때처럼 천지인의 '청계천 8가'를 흥얼거리노니, "칠흑 같은 밤 쓸쓸한 청계천 8가/산다는 것이 얼마나 위대한가를…/끈질긴 우리의 삶을 위하여!"

우리들의 허망과 허무에도 분명한 건 있다. 허무할 시간이 없다는 것. 허무해서, 그래서 더 소중해지는 삶이다.

우리 참 애썼다

아들은 이십 대를 지나고 있었고, 엄마는 오십 대를 건너고 있었다. 우리는 자주 불화했고, 지금도 그러하다. 하지만 책을 나누는 일은 할 수 있었다.

그렇게 함께 읽은 책《보이지 않는 도시들》은 우리가 지옥을 벗어날 수 있는 두 가지 방법을 들려주는 마르코 폴로의 대답으로 끝이 난다. 사람들이 쉽게 할 수 있는 첫 번째 방법은 지옥을 받아들이고 그것의 일부가 되어 지옥이라고 느끼지 않는 것, 그리고 두 번째 방법은 지옥 같은 세상에서 지옥에 살고 있지 않는 사람 혹은 그것을 찾아내고 그 사람 또는 그것에게 자리를 내주는 것이라 했다. 잘나지 않아도 내가 세상을 살 수 있는 까닭이 그런 것이다. 좋은 세상에서 살고 싶고, 내가 좀 더 좋은 사람이 되는 것이 더 좋은 세상에 다가가는 일일 테다.

우리는 심약했고 흔들렸지만 여전히 일어난다. 거기 역시 책이 있었다. 앞으로도 우리는 읽을 것이고, 또 화해할 수 있을 것이다. 우리가 좀 더 나아질 수 있겠다는 가능성, 우리의 성장을 믿는다.

그대도 나도 애썼다. 지금 결과야 형편없을지 몰라도 내가 애쓴 거 어디 안 간다.

늘 긴장하며야 어찌 살겠누. 하지만 하루하루가 쌓여 우리 생을 이루므로 정성스럽게 이 하루도 모신다. 오늘도 이 한 생 힘껏 살아보겠다.

더러 삶이 화를 낸다. 그런데 화는 화를 내는 그의 것이지 내 것이 아니다. 화를 받을지 말지는 내 선택. 내 삶은 오직 나의 것이다!

삶이 제 것이라 느끼는 사람들이 갖는 자긍심이 정녕 우리 얼굴이길.

'아, 그러나 그러나 우리 너무 열심히 산다. 꽃 피고 새 울고 날 좋다. 삶에도 바람구멍 있어야지. 오늘은 구들더께 되어 주전부리 물고 뒹굴고… 그리고 책 좀 볼까?'

섬 장 그르니에 지음 | 김화영 옮김 | 민음사, 2020

공산당선언 카를 마르크스, 프리드리히 엥겔스 지음 | 남상일 옮김 | 백산서당, 1989

한 혁명가의 회상 표트르 A. 크로포트킨 지음 | 김유곤 옮김 | 우물이 있는 집, 2009

청년에게 고함 표트르 A. 크로포트킨 지음 | 홍세화 옮김 | 하승우 해설 | 낮은산, 2014

사피엔스의 미래 알랭 드 보통, 말콤 글래드웰, 스티븐 핑커, 매트 리들리 지음 | 전병근 옮김 | 모던아카이브, 2016

고립의 시대 노리나 허츠 지음 | 홍정인 옮김 | 웅진지식하우스, 2021

우리가 날씨다 조너선 사프란 포어 지음 | 송은주 옮김 | 민음사, 2020

지상의 모든 음식은 어디에서 오는가 게리 폴 나브한 지음 | 강경이 옮김 | 아카이브, 2010

죽도록 즐기기 닐 포스트먼 지음 | 홍윤선 옮김 | 굿인포메이션, 2020

종의 기원 찰스 로버트 다윈 지음 | 홍성표 옮김 | 홍신문화사, 2007

국가는 왜 실패하는가 대런 애쓰모글루, 제임스 A. 로빈슨 지음 | 최완규 옮김 | 장경덕 감수 | 시공사, 2012

분노의 포도 2 존 스타인벡 지음 | 김승욱 옮김 | 민음사, 2008

이름 붙일 수 없는 자 사뮈엘 베케트 지음 | 전승화 옮김 | 워크룸프레스, 2016

보이지 않는 도시들 이탈로 칼비노 지음 | 이현경 옮김 | 민음사, 2007

납작하지 않은 세상, 자유롭거나 불편하거나

다른 세대, 공감과 소통의 책·책·책

글쓴이 | 옥영경 류옥하다
펴낸이 | 곽미순 책임편집 | 김주연 디자인 | 이순영

펴낸곳 | ㈜도서출판 한울림 기획 | 이미혜 편집 | 윤도경 윤소라 이은파 박미화 김주연
디자인 | 김민서 이순영 마케팅 | 공태훈 윤재영 경영지원 | 김영석
등록 | 1980년 2월 14일 (제2021-000318호)
주소 | 서울특별시 마포구 희우정로16길 21

대표전화 | 02-2635-1400 팩스 | 02-2635-1415
블로그 | blog.naver.com/hanulimkids
페이스북 | www.facebook.com/hanulim
인스타그램 | www.instagram.com/hanulimkids

첫판 1쇄 펴낸날 | 2022년 12월 30일
ISBN 978-89-5827-142-0 03810